LOCUS

catch

catch your eyes；catch your heart；catch your mind……

catch 198

跟著夏目漱石去旅行

作者／攝影　陳銘磻
責任編輯　繆沛倫
美術設計　林家琪
法律顧問　全理法律事務所董安丹律師
出版者　大塊文化出版股份有限公司
台北市105南京東路四段二十五號十一樓
www.locuspublishing.com
讀者服務專線　0800-006689
TEL　(02) 87123898
FAX　(02) 87123897
郵撥帳號　18955675
戶名　大塊文化出版股份有限公司

總經銷　大和書報圖書股份有限公司
地址　新北市新莊區五工五路二號
TEL　(02) 89902588（代表號）
FAX　(02) 22901658
製版　瑞豐實業股份有限公司
定價　新台幣350元
初版一刷　2013年10月
Printed in Taiwan

國家圖書館出版品預行編目
跟著夏目漱石去旅行 / 陳銘磻著 . -- 初版 . -- 臺北市 : 大塊文化 , 2013.10
面 ;　公分 . -- (catch ; 198)ISBN 978-986-213-465-8(平裝)
1. 夏目漱石 2. 傳記 3. 日本文學 4. 文學評論
861.57　　102018647

跟著夏日漱石
去旅行

陳銘磻——著

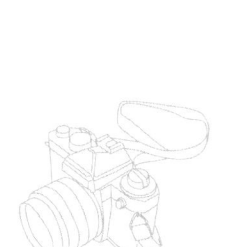

目錄

自序　風華絕代的文學之美

從事日本文學旅行多年，每回前往，特別喜歡走訪具有文學與歷史象徵的地景，文學與文學家在日本的地位崇高，因此，關於以文學或文學家為主體的文學地景也跟著豐盛起來，我也就相對討了便宜，從中獲取更多研究資源與寫作材料。

夏目漱石、芥川龍之介、谷崎潤一郎、川端康成、三島由紀夫等明治時代或大正時代出生的文學家，眾多作品如斯影響台灣戰後新生代的文藝青年，這一群對文學創作懷抱不離不棄使命的文學家，其著作中所敘述或描繪的地景，引人嚮往；我閱讀作品，並曾多次探訪文學家作品中的真實景地，如川端康成《伊豆の踊子》的伊豆天城山、三島由紀夫《潮騷》的三重鳥羽、夏目漱石《哥兒》的松山道後溫泉、芥川龍之介《羅生門》的羅城門跡和谷崎潤一郎《春琴抄》的少彥名神社等，我在這些文學地景裡感受文學家取材創作的心思與意識，從而承歡他們在作品中，所欲傳達人生百相的悲喜特質。

川端康成的文學作品，不僅流露出《源氏物語》所展現的王朝貴族，象徵冷艷美的官能性色彩，以及來自時代與民族性所支配的美學態度，正是他戰後的作品具體反映第二次世界大戰期間，心理困惑、迷惘以及沉淪的世態。他還將日本的悲哀、時代的悲哀，以至於自己的悲哀，融合在一起，形成一種「悲哀美」和「滅亡美」。尤其承受西方「悲觀哲學」與「神祕主義」的衝擊，川端在日本傳統美學的思維裡，找到自己的立足點，從而也找到東西方世紀末思想的匯合點。這即是他十分顯著的頹廢情調。

同樣追求「絕美」人生的三島由紀夫，早年的個性沉潛，陰柔氣質強烈，他厭惡劍道，甚至厭惡劍道砍擊時所發出的聲響。直到年近三十歲時，倏忽感覺自己對於美的強烈憧憬，開始上游泳，甚至勤習劍道，將年幼以來即孱弱的身體改造得更加強健，期使自己不再為虛弱的肉體感到頹喪與自卑。這種追逐美的心態，與他後來潛心撰寫的長篇名著《金閣寺》有所關聯，這本書中的主角就是一個自慚於口吃的猥瑣，卻又極端崇尚極致之美，導致內心扭曲與抱持幻滅心理的少年，一心想要摧毀「美的金閣寺」。這一點，可以說是三島在現實中的想法，這種意識又跟他的創作內容與華麗的文字互相呼應。

相較於用「殉死」完成心中「美的追求」的川端和三島，以寫作《我是貓》、《三四郎》、《草枕》、《哥兒》和《夢十夜》等書，而成為日本文壇巨擘的夏目漱石，情況則非如此。四十九年人間生涯的後半生，屢受神經衰弱症和胃潰瘍困擾，卻仍執意文學救社會、救國家的夏目曾說：「在這裡我決定，將從根本上解釋『何謂文學』的問題。同時我下決心，利用今後一年多的時間去研究這個問題，從而把它當做該研究的第一階段。我把一切的文學書籍都收拾在行李底層，已經把自己關在一家租屋裡。我之所以要通過閱讀文學書籍來知道何謂文學，是因為我相信以血洗血的手段乃為有效。我發誓，一定要追究文學到底產生於怎樣的心理需要，因而在這個世界生成、發達和頹廢。也發誓一定要追究，文學到底產生於怎樣的社會需要，因而存在、興隆和衰亡。」

夏目漱石的文學尊嚴讓他斷然拒絕接受日本政府授予的博士稱號。

一九一六年因胃潰瘍去世，臨死前，家人同意將他的腦和胃捐贈給東京帝國大學醫學部。他的腦至今仍完好保存在東京大學。一九八四年，他的人像被印在一千元的日幣上。

選擇三位曾經就學於東京大學的文學家，作為「近代日本文學家の文學之旅」的對象，一方面源於先前完成日本古典小說雙璧《源氏物語》和《平家物語》、古都雙璧《京都》與《奈良》，以及武士雙道《櫻花武士》和《戰國武將》的文學和歷史旅行寫作，更覺需要從熱愛這些明治時代以降的文學家的作品中，尋索意味。另則，究詰遠因，自然是來自年少時代因喜愛而瘋狂閱讀這些文學家的作品，以及經由這些名家名著改編拍成的電影，並受其深刻影響的緣故。

依循文學家的出生、成長、創作、作品風格，乃至辭世的地景寫作，我心陷在「國民作家」夏目漱石的作品裡，以一個欣賞者的角色，輕悄走入書冊裡的地景，進而領受風華絕代的文學之美與文學旅行的風雅之實。

這本書，我以文學旅行的心情與行腳，記錄了夏目漱石一生的文學旅次，以及重要著作中所提景地，實地感受文學家創作的靈魂所在。

第一帖——

被取名叫金之助的養子

夏目漱石的出生與成長

動盪不安的幕末明治初期出生的養子

夏目漱石，本名夏目金之助，一八六七年二月九日出生江戶牛込馬場下橫町的一個小吏家庭，這個舊地名現今為東京都新宿區喜久井町。

「小吏」是指「一舊家名主小兵衛」。

「一舊家」是指家族過去已有相當社會地位，「名主」為江戶時代由仕紳擔任的街道行政代表，相當於鄉長、保長的職務，而「小兵衛」則指夏目漱石的祖父夏目小兵衛直基；後來，金之助的父親夏目小兵衛直克，直接被任命為「名主見習」，繼承其父成為名主。

江戶時代的庶民眼中，名主掌握不小權力，並擁有相當豐渥的收入，生活富裕、威風八面，是令人欽羨的身分。依照規定，名主的住宅可以配置正門，這個「正門」為辦事處，用來執行行政權，還擁有一定的司法權和治安權，使人望而生畏。

夏目漱石在他晚年的回憶中曾寫道：「據我的記憶，町裡的人都管我家叫『正門，正門』。當時我不明白是什麼意思，現在回想起來大概因為配置台階和威嚴正門的住宅，町內只此一家吧！台階上面並排掛著狼牙棒、鉤竿子、鋼叉以及褪色的馬燈等，昔日情景連我都記得清楚。」據稱，這些狼牙棒、鉤竿子、鋼叉、馬燈的怪東西，都是為了緝捕、懲治「犯人」用的。

德川幕府末代將軍德川慶喜

名主又有高低、大小之別。小名主只能管理一、二個町，大名主則統轄三、四十個町。夏目漱石的祖父夏目直基負責管轄牛込馬場下橫町等十幾個町，直到他父親夏目直克時，仍然保持這個規模。這樣的名主算不上最大，卻稱得上有相當的地位了。

夏目漱石的生辰恰逢庚申之日，按照俗諺，這天出生的孩子長大後將會淪為小偷。為了預防厄運發生，必須在名字加上「金」字去霉運，所以家人才替他取名「金之助」。這個帶有俗氣土味的名字，曾讓夏目漱石擔任東京大學講師期間，遭學生私下嘲笑、奚落。

他的父親先後娶過兩任妻子，前妻死於一八五三年，留下兩個女兒，長女佐和比金之助大二十一歲，次女阿房比金之助大十六歲。後母千枝，一共生了五男一女，金之助是千枝所生最後一個孩子。

金之助出生於慶應三年，日本正處幕末劇烈政變之際，幕府與天皇之間奪權鬥爭不斷持續。第十五代幕府將軍德川慶喜雖在後藤象二郎和坂本龍馬居間斡旋下，以「船中八策」提出「大政奉還」上奏文，表明將政權歸還天皇，但仍拒絕交出兵權與領地，企圖自任元首，謀議讓年僅十六歲的明治天皇失去實權，政府內部倒幕派與德川派的鬥爭漸趨白熱化。

一八六八年一月三日，明治天皇頒布「王政復古大號令」，宣布廢除幕府，並命令德川慶喜「辭官納地」，將所有權力歸還天皇。倒幕派得知德川慶喜決定從大坂（今大阪）出兵進攻時，派出以薩摩藩、長州藩成員為主力的軍隊，雙方在京都伏見纏鬥數日，幕府軍隊不敵皇軍，土崩瓦解，狼狽敗北，德川家族謀位的計畫化為泡影。

三日後，也即夏目漱石週歲生日的第二天，德川慶喜狼狽奔回江

明治天皇（夏目漱石的年齡與明治紀元同年）

夏目漱石出生地，東京都新宿區喜久井町

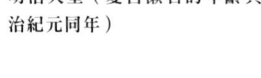

戶。不久，天皇下達將慶喜幽禁水戶的旨令。同年四月二十一日，天皇將首都從京都遷往當時已是政治、經濟、軍事、文化、交通中心的江戶，改江戶為東京；九月八日，取《易經》「聖人南面而聽天下，嚮明而治」中的「明治」為年號；十月十三日抵達東京，舉行即位大典，推行「明治維新」的內政外交改革措施，開啟日本歷史新紀元。

「維新」二字取自《詩經．大雅．文王》的「周雖舊邦，其命維新」。廣義來說，明治維新是要將封建的日本朝向富國強兵、殖產興業、文明開發三大目標發展，引進西方近代工業技術；廢除原有土地政策，許可土地買賣，實施新的地稅制度；廢除各藩設立的關卡；統一貨幣；推動工商業發展，建設國家現代化。日本第一條從東京（新橋）到橫浜（櫻木町）間的鐵道，即於一八七二年完成通車。

因維新而漸趨強盛的日本，利用快速強化的軍事力量，於一八九五年以及一九〇四年，分別發動日清與日俄戰爭，並以強勢的軍力和武力擊敗兩個大國，成為雄霸亞洲一方的強國，此舉更震撼西方列強，世界中心和議論焦點一時落在日本。

相對於明治初期，軍事和經濟的革新政策，幕末時代遺留下來的武士地位隨之滑落，經濟保障被大幅削弱，繼而導致大批士族對政府不滿，武力抗爭接二連三發生，造成社會動盪不安。

隨著留洋知識分子引介西方文化與典章制度進入日本，強調「文明開化」的風潮不斷擴張，對仍處傳統與保守的底層社會造成莫大影響。加上天皇權力過大、有權有勢的藩主掌控國政，形成勢力龐大的「藩閥政治」體系，使得改革過程遭遇最負面的棘手問題。

一八七二年，夏目漱石五歲，明治政府頒布「三條教憲」，規定

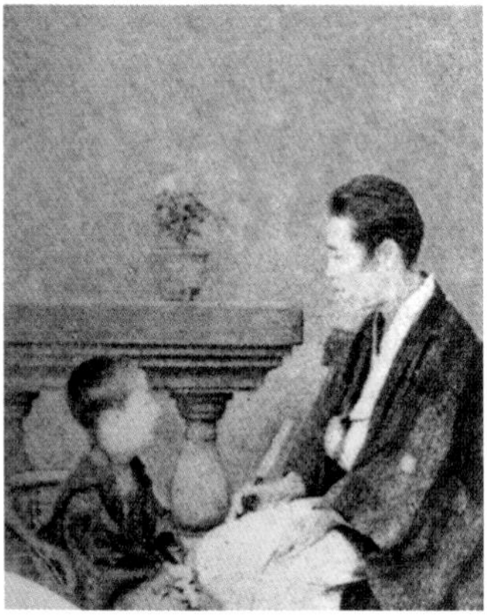

夏目漱石與養父塩原氏

夏目漱石的父親直克，母親千枝

文學和藝術必須以天皇制國家和文明開化為目標進行創作。這種強調「政治明確性」的創作指標，對於文學與藝術創作者來說，無疑是一大災難；有人採取順從姿態，但仍有一部分創作者寧用個人的見解與特有風格，以幽默和揶揄方式，嘲諷混亂不安的現實社會和人性。

出生和成長在舊社會與新制度交迭的環境，夏目漱石便是從政體的無奈和苦悶中淬鍊出非凡的文學意識；也即是說，日本進入明治時期之後的書面日語，基於國家和社會制度的改變，又伴隨外來思想的引進，變得非常混亂，為整頓這種混亂，需要一種能用於樹立典型，並且才情洋溢的文體，夏目漱石的小說和正岡子規的新式俳句，無疑成為這類典型的主要人物。

失去「名主」身分的夏目家

明治維新對夏目家族的地位、生計影響超乎想像，一八六九年三月十日，政府下令罷黜東京市內二百三十八個名主，並撤銷這些名主的「正門」。夏目漱石這時尚在襁褓之中，日後還能感受到維新帶給夏目家族不幸的影響。

金之助出生前，夏目家在江戶附近的青山擁有不少地產，從那裡收取的租米足夠全家人吃穿溫飽。維新以後，原來依靠舊制享福的人家垮台，身為「名主」的夏目一家，不免受到衝擊。不過，失去「名主」身分，他的父親還曾一度當過區長，家裡又有積蓄和足夠的租米，經濟條件仍然寬裕。直到後來家道中落，有說是遭人欺騙投資賠本，一說由於吃喝嫖賭耗盡家財，不論任何原因，夏目家後來的確衰敗下來。

逐漸沒落的夏目家族，雙親原本不打算擁有么兒，因此，金之助一歲時，父親便將他過繼給塩原家當養子，此後，因養父母感情不睦以及養父的工作不順遂而經常遷居，十歲時才又回到親生父母身邊。夏目漱石在後來的文章中回憶，自己出生時，母親已有了相當年紀，有人嘲笑她到這把年歲還能懷孕，實在丟臉。

夏目漱石被送去當養子的原因當然不僅於此，總之，生下不久後，就被父母送到別人家寄養是事實。養家的情況，並未留給他任何印象，長大後，才聽說對方是靠買賣舊家具度日的一對貧窮夫婦。

年幼的他時常和舊家具店裡的破銅爛鐵，一起被裝進用柳條編成的小筐籮裡，每晚暴露在四谷街上。某一晚，姊姊恰巧路過，無意間發現他一副可憐不堪的模樣，便把他抱入懷裡帶回家。據說回到原生家庭那夜，他怎麼都不肯睡，哭了整整通宵，姊姊因此還遭父親嚴厲斥責。

母親奶水不足、兄弟姊妹多，加上雙親晚年生子，臉上無光等，都是他被送走當養子的原因，夏目漱石在文章中寫道：「我不知道自己什麼時候從寄養家被抱回來的。但是不久又成為另一家的養子。我記得那確乎是四歲的事。我在那兒成長到八、九歲懂事時，由於那個家庭經常發生奇妙的紛亂，所以再度回到自己的家。」

第二個養父塩原昌之助和夏目漱石的父親一樣，維新以前同為名主，維新以後當過戶長。養父家起初住在新宿附近，後來因被任命為淺草鎮長，才舉家搬遷到淺草諏訪町。

夏目漱石回憶對養家不斷遷居的印象，只意識到生活的舞台不斷

夏目漱石（右坐者）與二哥直則（左）義兄高田庄吉（中立）合影

變遷，寂寥的農村從記憶中迅速消失，僅有外面裝著櫺子窗的小房子朦朧出現眼前。

那間沒有大門的房子坐落在一條小巷衖，巷衖又細又長，左右彎曲；猶如他模糊不清的記憶，養父家的破陋房子在印記中始終昏暗，他無法把燦爛的陽光和那間房子聯繫在一起。只依稀記得自己曾患過痲疹，無助的躺臥在昏暗的臥榻，輾轉哭叫、抓癢。

夏目在養家的地位甚其微妙，一方面，塩原夫婦行事吝嗇，可對養子格外大方。例如：大人不怎麼穿西裝的年代，便給他訂做了套小西裝，還買了時髦的氈帽，無論夏目喜歡什麼玩具，總不吝惜地買給他。另一方面，塩原夫婦如此慎重其事的對待夏目，可是別有目的，他們對夏目能否長住塩原家確實放不下心，千方百計想把他據為私有。

養父母常向夏目提出這類問題：「你爸爸是誰啊？」「媽媽是誰啊？」「你真正的爸爸和媽媽是誰呢？」除非得到滿意的回答，養父母兩人才會相視而笑。有時養母還會進一步追問：「你到底是誰的孩子？跟我說實話。」這種無聊的話，已然使夏目感到十分為難與不悅，時常假裝默不作聲。養母接著又問：「你最喜歡誰，是爸爸還是媽媽？」夏目不肯迎合她說的話，依舊沉默不語。

是啊，任誰對這類問題都會感到無聊與厭煩。

原來，養父跟一位名叫日根裡勝的女人發生禁斷之戀，養父母的婚姻關係丕變。這是夏目漱石七歲時發生的事。矛盾與爭吵不斷延燒，塩原夫婦的關係終究難以持續下去，終於在他九歲時離婚；夏目只得和養母一起回到原生父母家住，又一度和養母單獨生活；有段時間，還跟養父及日根裡勝住在一起。不過，留在夏目年幼腦海中的，

夏目小學就讀的錦華小學校（現稱御茶ノ水小學校），校門前立有漱石の碑

明治末期建造的東京車站

只殘遺一些片段模糊的印象；不久，連養父的身影也從他眼裡消失，那間被夾在通往河邊小巷衖和熱鬧大街之間的破舊房子也不知跑哪裡去了。

這種變幻不定的生活維繫了好些年，不久，養母改嫁，她經常抱怨日根裡勝「那傢伙」、「那個女人」的怨婦樣子也從夏目的眼裡消失了。

孤零零的夏目漱石不知何時被送回原生家庭，人雖回家，戶籍依舊沒有恢復。

其間，夏目對養父的後妻日根裡勝拖油瓶帶來的女兒阿蓮頗具好感，阿蓮長得美，夏目對她始終懷著某種近乎羞澀的奇妙感情，長大後，阿蓮雖然嫁給軍人，但對她的記憶卻深刻的留在腦海，並以各種形式出現在日後的小說作品中。

他後來寫作的長短篇小說，主要以戀愛和夫妻關係為題材，原因就在於對阿蓮產生青澀初戀的影響所致。另外，關於養子生涯這一段，晚年時，也將之寫入自傳體小說《道草》中。

漱石，是為了砥礪齒牙

一八七六年，夏目漱石從養父母家返回原生家庭，卻未產生回到家的興奮與感動。當時，他的父親六十三歲，母親五十歲，他一直把他們當成祖父母看待，嘴裡喊他們叫爺爺、奶奶。父母彷彿也習慣這樣的稱呼，若無其事地聽任他如此喊叫。

回到家的夏目並未受到父母特別寵愛，這跟他不馴順的性格以及長期跟家人分離有關。尤其父親對他冷若冰霜的態度，令人寒心。父親總覺得自己擁有不少孩子，根本沒想將來要依靠金之助。既然沒有依靠他奉養的打算，所以就不必在他身上多花費，要緊的是，金之助本人即使回來了，但戶籍還沒恢復，一旦有事，恐怕又會被人帶走。

「不給他吃飯說不過去，所以讓他有飯吃。除此以外，我管不了其他，當然該歸對方管。」這是父親抱持的理由。

明治 44 年（1911）開橋的日本橋

在生父和養父眼裡，夏目如同物品一般的被推來送去，區別在於，生父當他是撿回來的破爛，養父倒希望他能帶來些有利的作用。這些不幸的遭遇在夏目幼小的心靈烙下深刻印痕，對於他日後形成倔強、孤獨的性格不無影響。

一八七一年，日本政府設立文部省；翌年，制定學制，再一年，東京設立小學。夏目漱石開始接受學校教育，幾乎與新教育制度誕生日同時並進。一八七四年，夏目七歲時，進入淺草壽町的戶田學校，兩年後因成績優秀，結束初小第四組學業。後來又轉到市谷柳町的市

證書
東京府
塩原金之助
右第三級第一課
卒業
明治十四年七月
二松學舍

夏目漱石於二松學舍的中學卒業證書

谷學校，直到上完高小第八級為止。

其間，夏目對漢學產生濃厚興趣，他的同學島崎柳塢（日本著名的畫家）尚保存一冊他們當年自辦的巡迴雜誌，其中刊有夏目於一八七八年二月十七日寫的漢文〈正成論〉。這是他最早發表的文章，內容是讚美日本南朝後醍醐天皇的忠臣，出生大阪的楠木正成的文章。

不久，他又從市谷學校轉到神田猿樂町的錦華學校繼續學習，錦華學校畢業後的一八七九年，他進入神田神保町府立第一中學校正則科就讀。

這個學校分為正則科和變則科，正則科教授普通課程，變則科注重英語。要進大學預備學校，變則科注重英語，所以容易考取；正則科由於不學英語，畢業以後若不再繼續學習英語就很難考取大學預備學校。夏目對正則科的學習不感興趣，經常以遊玩為主，一八八二年便從這裡退學，轉入二松學舍去了。

夏目漱石十四歲開始研讀中國古籍，少年時曾立志研習漢文。

一八八一年一月，就在夏目漱石離開第一中學轉入二松學舍之際，母親驟然去世，得年五十五歲。夏目雖不喜歡寡情勢利的父親，卻對母親的情感緬懷親切。

夏目於一八八八年考入東京第一高等中學，與日後成為俳句運動倡導者，來自四國松山市的正岡子規，以及子規幼時同伴，在日俄戰爭殲滅波羅的海俄國海艦隊的秋山真之結為摯友。二十二歲那年，他更以漢文評論正岡子規的《七草集》詩文集。

同年，他首次署名「漱石頑夫」，用漢詩體寫作遊記《木屑集》，這個頗具漢學意涵的名字，取材自古代中國《晉書．孫楚傳》。

相傳孫楚年輕時為體驗隱居生活，對朋友王濟說要去「漱石枕流」，王濟回答：「流不能枕，石不能漱。」孫楚辯稱：「枕流是為了洗滌耳朵；漱石是為了砥礪齒牙。」這個典故顯現孫楚不服輸的性格。金之助以「漱石」為筆名，正符合他堅定的意志。

且有一說，稱金之助和孫楚都同樣被當代人視為異人，便以「漱石」自喻；另有一說，「漱石」二字一開始為好友正岡子規所用，後來被夏目借用，一借百年，人們熟知的「夏目漱石」即是夏目金之助的筆名。

第二帖——明治維新澎湃而來的西學運動

夏目漱石的中學與東大學習生涯

在東京大學預備學校留級

夏目漱石進入二松學舍，顯然跟他自幼喜歡漢文，立志成為漢學家有關；二松學舍是一所舊式私塾，創辦人三島中洲為漢學家。學校課程以漢學為主，如文字蒙求、女章軌範、唐詩選、唐宋八家文、論語、孟子等。學制分為三級，每組又分三科。

然而，就在明治維新之後，「文明開化」的旗幟不斷被高高舉起，歐化運動在政府部門和民間快速進展。正當夏目就學二松學舍期間，東京市的新橋和日本橋之間的鐵道開通；每當夜晚來臨，銀座鬧街上燦爛的弧光燈紛紛點燃；內幸町街西式二層樓房的鹿鳴館昂然建成；西裝和西式禮服成為當代最時尚的標誌和地位象徵，進化論和自由民權思想一步步深入人心。

尤其在教育和學術部分，西方學識如洶湧波濤、銳不可當之勢澎湃湧來，年輕人不學西學和外語便無法進入高中和大學就讀。當時東京大學的英文教師清一色都是從外國聘請過來的洋人，學生必須掌握英語才能跟上「近代」的腳步。大勢所趨，人心所向，迫使夏目漱石不得不改變初衷，捨棄漢學，專研西學。正如他在晚年回憶這段經歷時，說道：「自己原來喜歡漢學，頗有興趣，讀過許多漢籍，可是認真思考一下，覺得在這文明開化的社會唯讀漢籍，即使成了漢學家也沒什麼意思，不如進大學學些什麼別的好。」

「明治維新」運動大力改革的氣勢下，使得日本不少傳統文化和習俗被擱置一旁，夏目漱石即是在這種形勢下離開二松學舍，轉入位於神田駿河台的成立學舍，選讀西學。成立學舍的教師多半屬於兼職，校舍且極其髒亂，窗戶沒有板窗，臨到冬天，寒風刺骨，十分難受。因為離家遠，夏目便開始在外寄宿。他和幾位同學一起在小石川極樂水附近，承租了一所寺院的二樓住下，一夥人過著自炊的簡單生活。

夏目在成立學舍認識了英語和數學都比他好許多的橋本左五郎，

兩人一起準備報考東京大學預備學校。入學考試的數學題目很難，夏目束手無策，坐在旁邊的橋本偷偷教他，依恃橋本的協助，夏目勉強上榜，橋本不知為什麼反倒落榜了。

一八八四年，夏目十七歲，進入東京大學預備學校。

這所學校學制為五年，其中預科三年，本科二年。入學之後，夏目似乎不大用功，他和一起住在公寓裡的同學，輕視學習是學生的天職，預習不作，英語翻譯常常連自己也不明白寫些什麼。未及一年，夏目的總平均成績為七十三點五分，居全班第二十二位；此後逐年下降，直到一八八六年七月終於被學校留級。

這次留級不完全是因為成績不好，另一原因是他罹患腹膜炎，無法參加學年考試所致。

留級，促使夏目的學習態度改觀不少，他後來回憶起這件事，說道：「對於自己的一生來說，這次留級非同一般良藥，如果那時不留級，只圖蒙混過關，不知今日我會變成什麼樣的人？」

自此以後，夏目痛定思痛，閉門思過，決心跟自己的學習態度放手一搏；此後，成績果然令人耳目一新，名列預科第二級一組第一名。這個第一名一直保持到畢業。在立志發憤學習的同時，夏目還自籌學習和生活費用，也即從一八八六年九月起，他和中村是公一起住進江東義塾，一面在那裡執教，一面到預備學校學習。

在江東義塾寄宿生活未滿一年，夏目染上急性砂眼，父親認為沒必要勉強住在那種地方，要求他搬回家住。這時，夏目家裡卻發生了大變故，就在他搬回家住之前，大哥因病過世，不久，二哥也跟著走了。據說，大哥臨死前曾留下遺言，讓夏目代他繼承家業。

長子大助、次子榮之助相繼過世，三子又不喜歡學習、讀書，種種因素迫使父親不得不改變對金之助的態度，著手解決他懸宕已久的戶籍問題。

為了恢復夏目漱石的戶籍，生父和養父曾有過長期交涉，雙方協議，由生父給付養父養育費兩百四十元，首期先付一百七十元，餘額七十元，每月三元分期給付。

這事，表面上看起來像是完滿結束，其實不然，直到夏目成名、成家後，塩原昌之助還曾多次前去糾纏，又從夏目身上要走一筆為數不少的金錢。

生父和養父之間的財務糾葛，使得夏目在晚年寫作《道草》一書時，留下「不人情」的沉重喟嘆。

與正岡子規相遇

一八八八年九月，夏目二十二歲時，從原本叫東京大學預備學校，後來改名為第一高級中學的預科升入本科。這次升級使他再度面臨決定未來前途的第二次選擇，他本來打算學習建築，認為建築既為社會不可少的建設行業，且為出色的藝術。然而，朋友聽了他的計畫後表示反對，這個人認為當代日本無論如何發展，也難以為後世建構出偉大的建物，不如學習文學更有使命。

夏目本有自己的主張，但朋友的說詞意見雖然空漠，氣派卻很大，夏目終於被他說服，當即表示要成為一名文學工作者；後來，他果然在西學中確立了攻讀文學的意願。

夏目漱石在第一高級中學本科求學時代，唯一深交的朋友正是正岡子規，兩人親密的友誼堪稱日本近代文學史上的一段佳話。雙方彼此尊敬、互相切磋，詩文贈答不絕，書信往復不斷，讓夏目著實受益匪淺。

正岡子規是夏目人生中所遇到的第一個立志畢生從事文學創作的朋友，一個可以因為志同道合而交往的人。

正岡子規，本名正岡常規，別號獺祭書屋主人、竹之鄉下人。一八六七年出生四國愛媛縣松山市，一九〇二年因罹患結核病去世，得年三十四歲，名列日本著名俳人、明治時代文學宗匠，更是日本棒

夏目漱石（右）與正岡子規（左）互贈相片

夏目漱石 19 歲時與同學遠足合影留念

球最初的導入者；司馬遼太郎的歷史小說《坂の上の雲》即以正岡子規及其幼時同伴，後來成為日本海軍中將的秋山真之，與被稱為日本騎兵之父的兄長秋山好古為主題，兼及涉獵正岡子規與夏目漱石的文學友誼，所敘寫的一段史實故事。

正岡子規的俳句中，最受後人熟識者有「柿食へば鐘が鳴るなり法隆寺」，中文譯為「方啖一顆柿，鐘聲悠婉法隆寺」。以及「をといのへちまの水も取らざりき」，中文譯為「前日之絲瓜露，亦不曾飲」。其著作有《月亮的都城》、《花枕》、《曼珠沙華》等。

夏目漱石和正岡子規同時進入第一高中，兩人互有來往始於一八八九年一月。子規曾用漢文寫道：「余知吾兄久矣，而與吾兄交者，則始於今年一月也。余初來東都，求友數年，未得一人。及知吾兄，乃竊有所期，而其至辱知己。而憶前日，其所得於吾兄，甚過前所期矣。於是乎余始得一益友，其喜可知也。」據夏目漱石的回憶，兩人交往的最初都對曲藝別有興趣。

子規拿出於一八八九年五月寫成的《七草集》，請同學傳閱，也讓夏目指正，夏目讀後，大受刺激，一面在讀後感裡讚揚子規才華洋溢，愧嘆自己才淺愚陋；一面卻又動起筆來。同年九月九日，他的漢文暑假遊記《木屑錄》脫稿。《木屑錄》是夏目漱石最早彙集成冊的作品。

夏目漱石向來不肯輕易妥協世俗的道德和習慣，從小喜愛自然、喜愛正直，討厭虛偽、厭惡奉承，喜歡按照自己的心意做事，不肯隨聲附和。

例如小時候，養父帶他和阿蓮一起上街去吃年糕小豆湯，回家後

1883年（明治16年）11月，正岡子規（前列右一）在東京新橋和同學拍攝紀念寫真

養母問他跟誰一起去，雖則養父事前再三囑咐他不可告訴養母，他還是照實說了；表現出極端嫉妒的養母又問：「『那個女人』也一起去了嗎？」夏目對這點十分反感，再也不輕易開口了。這種事情一再發生，夏目早被左鄰右舍的人以怪人看待。小時尚且不懂怪人的意思為何，每遇被人如此稱呼，大概也只能默不作聲的接受。久而久之，心底便產生反抗情緒，決心不再顧忌他人的評斷，我行我素，甚至以怪人自居。這種心理日益延展成他為人處世的態度。

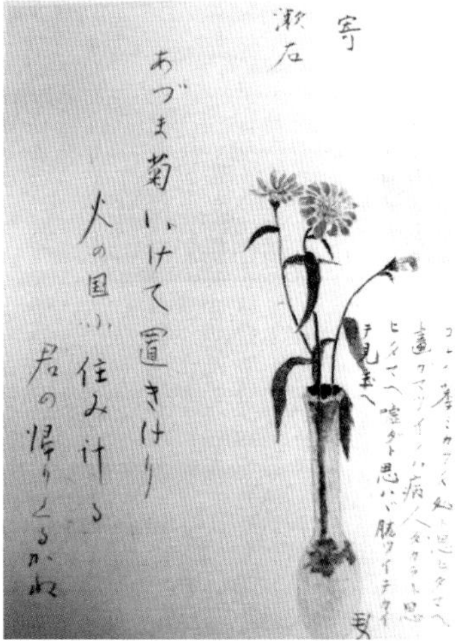

正岡子規病中寫給夏目漱石的信函
（攝自夏目漱石熊本舊居）

東京大學英文科的資優生

一八九〇年，夏目漱石二十三歲，進入東京帝國大學文科大學英文科就讀，他是文部省的「貸費生」，即由文部省借貸學費，畢業以後分期償還。助學貸款一年約八十五元，一個月平均七元左右，除去學費二元五角，剩下四元五角作為零花用。不過，夏目從第二年開始，即因成績優異，被選為特等生，免交學費；第三年又擔任東京專門學校講師，收入增加，經濟方面並未吃緊。

東京大學設立英文科第三年後，夏目漱石才進入該科系就讀，他的學習成績表現出色，可以從他接受一位來自英國的教授委託，把出生平安末年的鴨長明的著作《方丈記》譯成英文一事看出端倪。這位教授根據夏目的譯文，在「日本亞細亞協會」例會上，發表了關於鴨長明與華茲華斯的作品比較報告，後來還把這份報告，以及略加修改的《方丈記》譯文發表在《日本亞細亞協會會報》上，並註明得到「文學院英文科學生夏目金之助君大力協助」的字樣。

夏目對於英國文學的理解十分深刻，他曾以「英國詩人對天地山川之觀念」為題，在一次文學談話會上講演，造成轟動，後來他又把這份稿子寄給《哲學雜誌》連載，引起學界矚目，就連文學院院長外山正一讀後也表示欽佩。

為了遷就大學學業，避開徵兵召集，夏目於一八九二年四月五日由家人向戶政單位提出遷移戶口到北海道的申請，形式上戶籍設在北海道後志國岩內郡岩內町，人卻在東京讀書，這是因為當時日本的法

大學時代夏目漱石的俊秀模樣

令規定，戶主戶籍設在北海道者可以免除兵役。為了能順利從東大畢業，夏目只好出此下策。從那時起，直到一九一三年，夏目漱石的戶籍一直設在北海道，人卻從未到過那裡。

據稱，夏目漱石在東京帝國大學求學階段，曾有過一段戀愛體驗，他在長篇小說《三四郎》裡，透過廣田跟三四郎談過，自己一生只見過一次的姑娘，幾十年後突然在夢中相會的故事。廣田一角被日本評論家認為就是夏目的化身，然而，就真實生活來說，廣田的戀愛並不完全等於夏目漱石實際的生活；不過仍有人認為，廣田的戀愛故事，的確包含有幾分夏目漱石的親身體驗。

有趣的是，夏目於一八九一年寫給正岡子規的信中，曾直接談到自己的戀愛故事。大意是說，有一天他到眼科醫生那裡就醫，正巧遇見一位梳著雙髮髻的姑娘，這個姑娘就是夏目曾跟子規提及過的那個人。因為沒有「預報」，突然邂逅相遇，所以猝不及防吃了一驚，臉上不由得像是烙上兩片紅葉一般，一如夕陽映照下的嵐山大火。

一八九二年七月，子規在學年考試中落榜，就此離開東京大學。

暑假期間，夏目曾和子規到岡山、松山遊覽，並初次見到俳人、小說家高浜虛子，虛子後來回憶起對夏目的印象，寫道：「子規穿著和服，盤腿大坐；漱石身著大學制服，屈膝端坐。子規粗魯地用筷子夾菜吃，漱石卻端起盤子規規矩矩地吃著。總之，『和看來什麼都放膽去做的子規居士相反，漱石氏極為彬彬有禮的紳士態度仍然清晰地留在目前，恍如昨天的事情一般。』」

彼時，落榜後的文學摯友正岡子規，不得不黯然返回四國愛媛縣松山市舊居，持續俳句創作。

夏目漱石最喜歡的筆記用具和紫檀木几

夏目漱石常用的文房具

當初僅有法理文三學部的東大「東京大學發祥の地」碑，位於神保町學士會館

第三帖

我是個未曾見過自己本來面目的門外漢

夏目漱石的教師生涯

初任東京高等師範英文教師

一八九三年七月，夏目漱石二十六歲，從成績斐然的東大英文科畢業，就職的機會比其他人高得多，他先是在東京專門學校和國民英學會擔任教務，後來，在校長引薦下，順利進入東京高等師範任教，年薪四百五十元。

這時的夏目，經濟生活並不寬裕，雖然每個月領取三十多元薪資，因為必須按月還給文部省七元，孝敬父親十元，所剩就不多了。使他感到苦惱的，還不是經濟開銷，反倒是專業領域的表現，原本懷抱滿腔理想的夏目，秉持「通達英語和英國文學，要用外國語寫出偉大的文學著作，令西洋人吃驚」的初衷進入英文科就讀，大學畢業後，希望變得渺茫起來，「怎麼也無法相信這就是所謂的學士」，他的思維開始產生「甘心腐朽」的想法。

剛從大學畢業，即能獲得一份安定的教書工作，不正是許多人的憧憬嗎？

夏目漱石之所以會在這段年輕歲月挑起不安的靈魂，並產生「甘心腐朽」的悲觀想法，主要是跟他對學校教學和教師工作感到失望有關。

正當夏目為了專業和工作的事感到矛盾苦悶之際，宿疾再次無端襲擊。

一八九四年二月初罹感冒，咽喉疼痛，痰中見血，醫生診斷為初期肺結核。

他的大哥、二哥都因肺病過世，夏目的心情難免受到衝擊，甚

初任教職的夏目漱石

至有了「萬念俱灰」之慨，厭世的心情由是萌發。幸好這次的病情並未惡化，他開始學習弓術，易地療養，他到松島、湘南一帶旅行，不久，病況逐漸復元。據稱，在湘南海岸遊玩時，曾不顧胡亂吹拂的風暴，跳進海水，沒於狂瀾浪濤中，旅店主人看到大吃一驚，忙叫：「危險！危險！」夏目卻自得其樂的喊著：「快哉！快哉！」並吟誦出「不入驚人浪，難得稱意魚」的詩句。衝動的行為，既是為了治療疾病，其實更是他企圖祛除痛苦靈魂的解放行動。

一八九四年秋天，在高等師範教書的第二年，夏目多次遷居，先是從學校宿舍搬遷到友人菅虎雄的家；不久後，未徵詢菅虎雄認可，又搬到另外一個地方；最後住進小石川表町法藏院。

不斷遷徙的目的，據稱夏目的心境處於「塵界茫茫，毀譽撲耳不堪」，所以幾經搬遷，甚至住進寺院，有時還會嫌「僧尼語於鄰室」，可見當時他的精神苦悶何等痛切，遂而動心起念了參禪之心。

夏目向來主張靈魂獨立和自由，透過參禪尋找解脫心靈受困之道，遂合他的心意，一八九四年十二月底，他到鎌倉歸源院參禪，直到隔年一月，未及一個月，仍舊失敗。

參禪不成，他的長篇小說《門》對主角宗助參禪的描述，卻有詳盡敘述。宗助為了過去的罪過，內心始終不得安寧，只好到鎌倉參禪，追求「風吹碧落浮雲盡，月上東山玉一團」的平和境界。禪師提問，父母未生他之前，他的本來面目究竟為何？苦心思慮半天，宗助依然不得其解，灰心喪氣地步出寺院山門；就在宗助回頭想再度敲開山門時，已無人回應。

圓覺寺山門

小說流露出宗助對參禪的失望，也等於說明夏目對參禪的失望。當然，小說中的宗助的感受並不完全等同夏目的感受，不過宗助的感受卻深刻透露夏目在鎌倉參禪失敗的親身體驗。

夏目漱石後來為文敘述：「我不知道禪是什麼？從前參拜鎌倉的宗演上人時，他問我父母未生我之前，我的本來面目是什麼？我瞠目結舌，不知如何應答。我是個未曾見過自己本來面目的門外漢。」

二十七歲的夏目漱石，在面臨初次的教書生涯，竟發想出遁世的念頭，難道早熟的憂傷靈魂，已然讓他察覺到生命的悲切陰影？

圓覺寺內的夏目漱石俳句石碑

在四國愛媛縣松山中學的教師生涯

一八九五年四月，夏目漱石辭去高等師範學校教職，隻身轉往位於四國愛媛縣的松山中學（現稱松山東高等學校）任教英語，在室內光琳寺町賃屋而居。為什麼驟然離開東京的大學校，甘冒風險前往偏遠農村的小學校？莫非只是單純為解脫那個不名的憂傷靈魂的枷鎖所造成的困惑？

一方面，松山中學禮遇破格給他每個月八十元的高薪，這項待遇跟前任的美國英語教師相同，甚至比校長還多出二十元，正好符合他打算攢錢留學深造的願望；另方面，恐怕還是為擺脫對專業和工作失望的痛苦。這種複雜心情，明顯表現在他初到松山中學不久，寫給正岡子規的五首詠懷漢詩。

愛媛縣松山市是正岡子規的故鄉，同年八月，他來到夏目住所，

位於四國松山市的松山城

暫居夏目樓下，時常召集住在當地的俳句門徒，辦起俳句會，夏目順勢加入俳句寫作會。

據夏目漱石在後來的回憶文提及，起初他是因為樓下吵鬧，書讀不下去，不得已才跟著大家寫起俳句。不寫則矣，寫必有意，沒料到一開筆，便詩興大發，怎麼也停不住。十月，子規離開松山，夏目仍不斷郵寄詩稿給他，第一個月寫了八十八句，第二、三個月竟高達二百四十句，其熱心俳句寫作的程度可見一斑。

正如他寫給子規的信所言：「小生之拙於寫實，固然由於入門日淺；不過竊以為天性使然處，抑或有之。」

夏目漱石在松山一年的教師經歷，後來成為他最著名的小說《哥兒》的題材來源。實際上，他在松山的生活不似小說中的主角「哥兒」那般受人嘲弄。由於教學熱心、認真，口才雖不至於能言善辯，但英語教學條理分明、講解清楚，深受學生歡迎，更受到地方人士敬重，甚至還被當成大人物看待。

隔了一段時間，特別是正岡子規離開松山重回東京根岸後，他強烈感受到人地生疏，連個能談心的朋友也沒有，一股思鄉的孤獨情愫油然而生，本來打算在松山待上一年後回東京，或者換個地方工作的想法，因為婚姻問題接踵過來而暫時作罷。

夏目相親的對象是當時貴族院書記長中根重一的長女鏡子，夏目漱石在看過鏡子的照片後，表現出滿意的神情，不過尚未見到本人，難下決定。同年十二月二十七日夏目漱石回到東京，第二天便到鏡子家裡正式相親。雖說鏡子牙齒長得不齊，她本人毫不在意，並未刻意遮掩；真誠的性情，令夏目十分中意，夏目家人聽聞後，倒笑稱他果

夏目漱石在松山中學任教時的居所「愚陀佛庵」

明治時代的愛媛縣松山中學

真是個怪人。

婚事既定，結婚時間擇日再說。岳丈中根重一希望夏目能儘快在東京找到工作，因此，雙方商定等到男方工作有了著落後再行婚禮。

無巧不成書，就在夏目從東京回到松山後不久，位於九州熊本市的熊本第五高中寄來聘書，邀聘夏目前往該校任教。

一八九六年四月九日，受到學生喜愛的夏目漱石，在不捨他離去的同事、學生的松山中學大禮堂，含淚告別眾人。四天之後，抵達熊本市。

夏目（前三列左二）與松山中學卒業的學生合影

在九州熊本中學的教師生涯

一八九六年四月，夏目漱石到任熊本第五高中，起初的職務是講師；七月被任命為教授，並授予六等高等文官；九月晉升為正七品；第二年六月擢升為五等高等文官，後又擔任大學預科英語主任；十月升為正六品：一九〇〇年四月被任命為代理首席教員。不斷擢升的過程，可以看出他對熊本高中的貢獻，以及受到校方的器重程度。

原本無意擔任教職的夏目漱石，到了熊本高中之後，反而費盡心力，全心投身教學和教育工作，一反過去對教育工作失望至極的態度。據當時的學生回憶，夏目老師在課堂上對學生的要求十分嚴格，課前不做預習，企圖含糊蒙混的人，必遭嚴厲批評；提出過分簡單無聊問題的人，不可能得到老師的回應，只能自行查閱字典。

嚴格是必要的，就算是再如何嚴厲的教學，夏目漱石仍是學生口

九州熊本城天守閣

中親切的老師，無論學生提出多麼糊塗好笑的問題，只要態度認真，他總會耐心給予講解，並利用課外為學生講授莎士比亞的文學作品。曾經有個學生回憶夏目漱石講課的情景，寫道：「他照例用沉著的語調，並不過於穿鑿附會的字句，再插入簡短的評論，這樣的授課方式使我們體會到《哈姆雷特》的趣味。」

此外，為學生講解俳句、協助籌措學費、安置生活，都成為學生日後津津樂道的往事。

曾經就讀熊本高中，後來成為物理學家、隨筆家、俳人的寺田寅彥，在一篇題為〈追懷夏目漱石〉的文章中，提及他的英語老師夏目漱石，寫道：「先生走進教室，先從西裝背心的內袋裡掏出不帶鏈子的鍍鎳錶，輕輕放在桌子一角，然後開始講課。當他神采飛揚地講解複雜難懂的課文時，有個習慣動作，就是伸出食指斜摁鼻樑。碰上學生有愛追根問柢鑽牛角尖者，先生便以一句話來使之語塞：『這事你問寫的人便可明白！』當時，一些同學都十分害怕先生，然而，他對我來說，卻是一個絲毫不令人感到可怕、最和藹可親的老師。」

寺田寅彥不僅於熊本高中畢業後，進入東京帝大理科大學實驗物理學科就讀，畢業後，還成為該科系的講師，他回憶跟夏目漱石學習時，寫道：「每天上午七時至八時課外講座時間，先生主要為文科的學生們講授英國戲劇作家莎士比亞的四大悲劇之一《奧塞羅》。記得那是冬季，從二樓的窗口望去，先生緊裹著黑大衣像游泳那樣急急跨進學校大門，教室裡頓時沸騰起了『啊，來了，來了』的聲音。先生的大衣穿得齊齊整整，風度翩翩，很是瀟灑。但是，先生在自己家裡

夏目（中列右二）與熊本第五高等學校卒業班學生合影

夏目在熊本第五高等學校教書時的居所

身著黑色和服短外褂那副冷漠端坐的姿態，總使我覺得他具有水戶流浪武士那樣的古風。」

夏目在熊本第五高中工作，前後長達四年，連自己都感到不可思議。學者分析其中原因，歸納成兩方面：一方面，熊本高中的校長十分器重夏目漱石，懇切要求他長期任教；另一方面，在東京始終沒能找到合適的工作。

一八九六年十月，他曾和未來的岳父中根重一商量回到東京工作這件事，當時中根重一回答他，外務省有個翻譯人員的空缺，要他考慮回應，然而夏目對於這類行政事務毫無興趣，加上不懂法律詞彙，缺乏完成任務的勇氣和信心，毅然婉拒。

第二年春天，中根重一又來告訴他，東京高等商業學校有缺，還強調，如果單靠教書的微薄工資無能維持生活，他可以按月給予補助，就希望他趕快回去東京。這一次仍為夏目謝絕，他秉持的理由是，熊本高中非常器重他，既然回到東京一樣當教師，當然先為熊本高中盡力；除非，自己和學校的關係發生變化，或者決斷離開教職，又或者是官命不順，凡此種種。儘管當時夏目表示希望過著單純的「文學生活」，以「文學三昧」消磨時光。「讀自由的書，說自由的話，寫自由的事」，最終仍沒變為事實。

他不但無心回到東京，工作地點離東京越遠，中根重一無計可施，只好帶著鏡子去到熊本市，讓兩人於一八九六年六月九日舉行婚禮。時當夏目漱石三十歲，鏡子二十歲。

根據鏡子的回憶，新婚不久後，夏目就對鏡子聲明，自己是做學問的人，學習無法中斷，因此不可能經常照顧她。夏目無疑是深愛

內坪井的舊居廊道

鏡子，但基於種種因素，兩人之間存在的矛盾在所難免；例如新年期間，家裡來客不少，同事、學生，家裡預備的飯菜不足，鏡子感到為難，夏目也頗為生氣，不過，他不悅的情緒僅當下發作，第二天、第三天就穿上鏡子為過年特別準備的漂亮和服，在屋裡來回走著。

一八九七年六月，夏目漱石的父親過世，高壽八十四歲；儘管夏目從小即對父親不懷好感，仍帶著鏡子趕回東京參加葬禮。鏡子觀察，夏目對老家幾乎沒任何情感可言，若有，也只是輕蔑和反感；不過他是一個嚴守禮節的人，尚不至於做出悖逆倫常的事。

其間，鏡子因為不知道懷孕，從熊本到東京，舟車勞累，不久，

夏目的妻子鏡子

於虎門貴族院書記官長官宿舍停留期間流產，為療養之由，前往娘家在鎌倉的別墅靜養。夏目不斷往返東京和鎌倉之間，十分辛勞。在東京，他常去探望臥病在床的子規；在鎌倉，則又見到歸源院的禪師，心中不免百感交集。暑假結束後，鏡子無法動身隨行，夏目只好隻身返回熊本。

由於父親過世，不必再給家裡寄錢，加上文部省的借貸已然還清，夏目的經濟變得寬裕許多。他一邊幫忙料理家務，一邊協助就學

夏目29歲新婚時，在熊本住所與妻子和友人合影

讀書的寄食學生。

一八九八年秋天，鏡子再次懷孕，生理反應十分強烈，幾乎到達歇斯底里症狀的地步，嚴重時滴水不進，只靠營養汁灌腸維持生命，痛苦的慘狀曾使她跳進河裡，意圖自盡，幸虧學校事務人員發現，才沒引起悲劇。

第二年五月，第一個孩子終於誕生，夏目十分高興，當即寫下「安穩生子，狀若海參」的俳句，還不時把嬰兒放在膝蓋上，一面注視她的臉，一面自言自語地說：「再過十七年，這孩子十八歲，我就五十歲了。」他給女兒取名叫「筆子」，希望長大後能寫出一手好字。

女兒出世後，夏目做過幾次短途旅行，其中與日後創作關係密切的有兩次：一次是一八九七年十二月和第二年一月的小天溫泉之旅，小天溫泉是小說《草枕》的舞台。另一次則是一八九九年秋天與山川信次郎前往阿蘇，攀登阿蘇山，這段經歷後來寫入小說《二百十日》。

夏目從松山轉進到熊本後，依舊熱愛寫作俳句，內涵精益求精。他在跟正岡子規、高浜虛子等人的通信裡，不斷探討俳句的發展。一八九六和一八九七兩年間，他的俳句創作達到高峰，名言佳句屢見不鮮。

對於夏目漱石所寫的俳句，正岡子規如是說道：「漱石明治

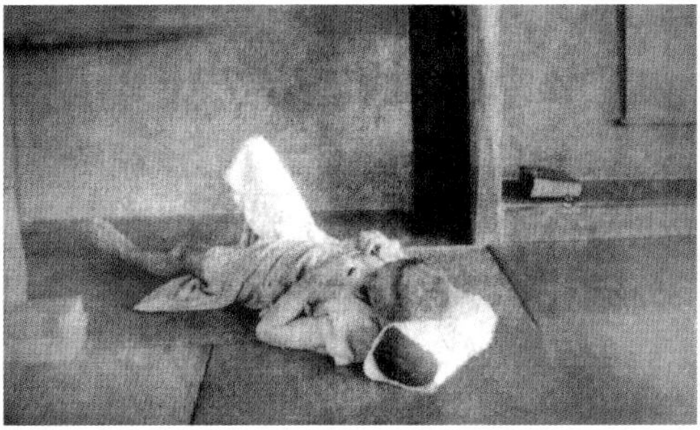

夏目在熊本居所休閒

二十八年始作俳句。自始作起，已在構思及句法方面顯露特色。其構思極新穎，奇想來自天外者甚多。……漱石之句法亦有特色，或用漢語，或用俗語，或為奇言。……然漱石亦非偏於一方者。以滑稽為唯一趣向，以奇句驚人為高明者，不可與之同日而語。其句雄健者則徹底雄健，認真者則徹底認真。」

第四帖

倫敦鐵塔猶如前世夢幻的焦點

夏目漱石英國留學

初航留學到倫敦

一九〇〇年起，明治政府研擬派遣高中教師出國深造的計畫，同年五月，夏目漱石被遴選為第一批留學生之一，進行為期兩年的英語研究工作，每一年的獎助學金為一千八百元。

夏目漱石體認到英國文學和他過去所認識的英文有著極大差異，精通英文不足以增強國勢，這讓他賴以存在的理想幾乎幻滅，然而妻子再度懷孕，留學經費恐怕不足，使得他的神經衰弱症更為加劇。

夏目的專長是英國文學，早就懷抱能有機會到英國學習的願望，一旦得到公費留學通知時，他反而向校方推辭，表示個人並不特別希望出國，相信有比他更適當的人選。校長回答他：「有沒有更適當的人選跟你無關，校方向文部省推薦你，文部省予以批准了，你最好唯命是從。」

他本來也沒有絕對堅決推辭的理由，最後欣然接受。

夏目這種前後矛盾的態度，一方面和他經常反省，日益感受到對英國文學理解不足有關；另一方面又與留學通知中載明是為英語研究，不是跟英國文學研究有關。為了弄清這個問題，他還特意請示了文部省，得到的答覆是，可以按照自己的意志稍加變更。有了清楚的方向，夏目這才決定到英國留學。

七月，學校學年考試結束，夏目漱石離開熊本回到東京，將妻兒安頓在鏡子娘家，僅靠停職的月薪二十五元維持生活，自己則準備西行的旅途事宜。

在熊本教書時代的夏目漱石

上熊本車站前的夏目漱石雕像

夏目任教的第五高等學校改制為熊本大學，圖為熊本大學五高紀念館

九月，夏目漱石與芳賀矢一、藤代禎輔一行三人，在橫浜搭乘德國輪船普羅伊森號出航，沿途經過上海、福州、香港、新加坡、可倫坡、亞丁等地。

航海生活對夏目來說似乎不很愉快，神經衰弱症使他易於暈船，當輪船從橫浜開航，才到遠州灘附近，他就難受不安。船抵神戶港上陸休息，有人宴客，他卻因下痢無法動筷；抵達長崎時，更是「困臥床上，氣息奄奄」。經過數日海上航行後，才稍稍適應船上生活，身體狀況逐漸好轉，可只要一遇到大風大浪來襲，身體就會立刻不舒服起來。他那容易暈船的毛病，直到輪船抵達新加坡後，沒再遇上大風浪，心情總算安定下來。

夏目不僅容易暈船，並且不大喜歡和西洋人在一起，也不習慣西洋式生活。船行海上第三天，他在航海日記裡寫道：「同乘者為英國人或法國人，已有出洋旅行之感。至神戶登陸，往諏訪山溫泉吃日本菜飯，著日本浴衣，暫時產生歸國之感。」九月十九日的日記又寫道：「外國人、西餐、西洋浴池和西洋廁所極不舒暢，毫無趣味，希望儘快吃到茶水泡飯和蕎麥麵條。」

十月十七日，夏目一行人抵達拿坡里，十九日到熱那亞，次日搭乘火車於隔日清晨到達巴黎。夏目在巴黎停留大約一週左右，遊覽名勝，參觀了當地正在舉行的萬國博覽會，懷著「巴黎之繁華與墮落實可驚也」的印象離開巴黎，十月二十八日晚間，獨自一人渡海到達旅行終點站倫敦，借住在S．E．伯瑞特夫人的家，開始了他在英國倫敦大學學院的留學生涯。

依照文部省的規定，留學地點有好幾處可供選擇，倫敦雖然物價昂貴，又是個充滿煙、霧和馬糞的大都市，但學習語言方便，社會層面廣闊，看戲、買書相當便利，所以夏目最後還是決定留在這個城市生活。

熊本大學校門口的夏目漱石紀念雕像

充滿煤煙空氣的倫敦歲月

前往倫敦留學前，夏目漱石已然明指「以文立身」的人生宗旨，他察覺到學習英語成為時代必然的趨勢，唯有精通英語才得以跟上時代潮流、強化國家，躋身成社會菁英分子。

可一旦到達英國不久，發覺身上攜帶的銀錢不夠用，他在寄給家屬和友人的信函裡，經常談及這個苦惱的問題。初到倫敦的十月二十三日，他在寫給親友的信如是說道：「來歐洲若無錢，一天也難以生存。日本雖不整潔，卻輕鬆愉快。」

身上沒有多餘的零花，又不想浪費時間，只好閉居公寓，過著不與外人交際的孤寂生活。同樣問題，他在倫敦大學僅以旁聽生身分聽了兩個月的課就停止。自此以後，除了到一位名叫庫列依古的老師家裡聽課外，其餘時間都窩在住處閉門讀書。

翌年四月，他和房東一起遷居到Tooting，結識了後來成為日本著名土木和鐵道技術家、教育家、政治家、實業家，同時又是寫過《秋邨》的俳人長尾半平。五月，在德國柏林留學的理化學博士池田菊苗，結束國外學習，回國途中路經倫敦，特地前往探訪夏目漱石，並和夏目住在一起。

池田菊苗出身東京大學理科大學化學科，畢業時間比夏目早幾年，他的出現對夏目的學習和研究影響極大。日後，夏目說道，池田菊苗雖為自然科學高手，可是談起話來像個大哲學家；靠他的幫助，

夏目留學的出國證明書

夏目開始停止空靈的文學學習，進行更有組織，更有分量的研究工作，著手搜集寫作文學理論《文學論》的資料整理。

根據夏目的說詞，多年來，經過無數波折，直到和池田菊苗相處過後那一刻，他恍然明白，除了從報紙和書本中瞭解什麼是文學之外，彷彿已沒有其他拯救自己對認知文學更好的方法了。

他認為文學無法像不費吹灰之力地把孔雀羽毛披在身上那樣自吹自擂，如果不去掉浮華，更加誠實，自己恐將永遠不得安心。也就是說，即使西洋人說這是一首好詩，語調優美，那也是西洋人的看法。

他說，自己是一個獨立自主的日本人，絕不是英國人的奴婢；既然如此，做為日本國民，就必須具備獨立自主的見解，從而尊重世人所公認的正直這個觀點，不應扭曲自己的意見。

夏目自從掌握「自我中心」的思維後，精神狀況變得異常強大起來，遂而產生「他們算什麼呀！」的氣概。他認為，使他擺脫過去茫然迷失的狀態，指引他沿著新思維前進的，就是「自我中心」這四個字。

有了「自我中心」，他的不安全感頓時消失，第一次懷著暢快的心情眺望陰鬱的倫敦，就好像經過多年的懊惱後，鐵鎬忽然噹的一聲掘到礦脈的感覺一樣。換句話說，就好比一直被蒙罩在霧裡的人，突然從某一個方位清楚地找到自己應當前進的道路那樣，令人欣喜萬分。

夏目得到啟發，也搜集不少材料，準備寫作《文學論》，目的在於反對日本盲目崇洋的風潮，獨立自主地從理論中徹底解決什麼是文學的問題。一九〇一年九月，他開始全心投入這項意義深遠，任務艱鉅的工作，他閉門把自己關在公寓裡，將所有文學書籍放置到行李底

夏目的渡航日記本

層。

他認為用文學書籍來解釋「文學是什麼？」的問題，就如同用血洗血一樣，永遠不會了結。他立誓要從心理層面追究文學到底產生於怎樣的心理需求，文學又如何得以生存、發達和頹廢；他立願要從社會心理探究文學到底產生於怎樣的社會需要，因而得以存在、興隆和衰滅。

龐大的工程，他花光全部費用購置參考書，他坦承，從著手投入這項工作起，到留學期滿為止的幾個月，是他平生最專心致志持續進行學術研究的時期。

倫敦市區嘈雜的聲音、高聳的樓房、污濁的空氣、擁擠的人群、雜亂的車輛，都使他的精神難以舒暢；最使他感到不悅的，還是高傲的偽英國紳士。

後來，他回憶這段留學生涯時說過，倫敦歲月，是非常不愉快的兩年，在英國紳士之間，自己好似一隻與狼群為伍的長毛獅子狗，過著悲慘的生活。當時，倫敦人口約有五百萬，自己就像是在五百萬粒油珠中摻進去的一滴水珠，勉強維持朝不保夕的生命。如果一滴墨汁淌在洗得乾淨的白襯衫時，主人的心情必定不會快活。他說自己正像那一滴討人厭的墨汁，猶如乞丐似的在倫敦大街上徘徊，兩年間，吞吐這座大城市幾千立方尺人工所製造，充滿煤煙的空氣。

除了不喜歡英國與倫敦之外，沒有知心朋友是使他感到寂寞的原因之一，他曾在給後來任教京都帝國大學的藤代禎輔的信裡透露：

英國倫敦「夏目漱石紀念館」的夏目畫像（攝自夏目漱石熊本舊居）

「君等多人聚集，盛大之極；余卻孤身一人，寂寞之至。」

另一個更加重要的因素，就是妻子很少寫信，夏目無法及時瞭解全家大小的情況，日子總是在提心吊膽、日夜不安中過著。

出國時，鏡子正好又懷孕，他到英國後，時刻惦念她是否平安生產，次女恒子雖早在一九〇一年一月就已出生，由於鏡子長期沒有寫信，夏目在三月份寫的信裡還催問：「妳生產了嗎？孩子是男是女？大人、孩子都健康嗎？我一點也不瞭解，身在遠方，擔心得很。」

精神難以舒暢，研究工作又需如期完成，雙面夾擊，使得夏目的神經衰弱症再度發作起來，他嘗試學騎單車以轉變心情。

早在一九〇一年七月的日記中，他就寫道：「近頃非常不愉快，為無聊之事費神。」這種情況日益嚴重；一九〇二年九月從倫敦發出的最後一封家書則寫道：「近頃因神經衰弱，心情不佳，毫無辦法。」當時日本甚至傳言夏目漱石精神失常的訊息，文部省還特地發出「夏目精神異常，由藤代（禎輔）保護回國」的「訓電」。

總之，留學英國兩年，給夏目漱石帶來極不快樂的學習生涯。

從倫敦返回東京

一九〇二年十二月五日，夏目結束英國兩年的留學生涯，離開倫敦，踏上歸國航程。

不幸的是，臨行前接到文學摯友正岡子規病逝根岸自宅的訃文，悲痛至極。他在十二月一日給高浜虛子的信中寫道：「子規病狀由不斷惠送之《杜鵑》知曉，臨終情況，承蒙逐一通知，感謝之至。吾出國當時即認為已經沒有可能活著會面，雙方皆懷同樣心情分手。故今不感驚訝，惟有遺憾而已。但竊以為與其忍受此種痛苦，不若儘快正寢，或許為本人之幸矣。」

一九〇三年一月二十三日，經過一個多月海上長途航行，夏目搭乘博多號輪船抵達神戶港，第二天轉乘火車回到東京。岳父中根重一和鏡子到新橋車站迎接，夏目下車後，用手托著大女兒筆子的下巴，目不轉睛地凝視久未見面的孩子，臉上浮出難得見到的笑容。

夏目回國後，首先碰到的難題便是如何重新安排家庭生活，回國當時，身上餘錢不多，迫切需要一筆生活費。

尤其，動身回國時，以為妻子依靠每個月領來的錢就足夠養活兩個孩子，「反正房錢不用自己出」，他漫不經心地想。返抵國門後，所見比想像的還要糟。

據稱，夏目留學在外期間，鏡子把家常的衣服全部穿壞了，只好

夏目在本鄉千駄木町住處，寫下《我是貓》

把丈夫留下的樸素男裝修改穿用；座墊露出棉絮，被褥也破了；即使到了這種困境，已然失去地位、投資生意失利、積蓄全部花光的岳父也已無能接濟。

穿著高領西服從英國回來的夏目，沉默地看著處於慘澹境地的妻子和孩子，他的時尚穿著受到親人和鄰居毒辣的諷刺，沉重的打擊，他甚至連苦笑的勇氣也沒了。

他的行李裝的幾乎全是書本，連買個戒指給妻子都力不從心，狹小的房裡，行李堆成一疊，連箱子蓋也很難打開，他感到掃興，只好

夏目漱石的妻子鏡子與小孩

出門到處找房子，並設法籌款。

三月三日，辭掉熊本高中職務，夏目好不容易領到一筆錢，才把家搬到本鄉千馱木。

居住問題雖暫時安頓，夫妻之間由來已久的矛盾關係愈加沉重。不久，鏡子再度懷孕，歇斯底里症又跟著復發，兩人關係隨之越加嚴重惡化起來。

某個夜晚，夏目臨入眼前，倏然睜開眼睛，發現鏡子瞪著兩顆大眼望著天花板，手裡握著他從英國帶回來的剃刀，她沒把藏在黑檀木鞘裡的刀刃直立起來，只握著黑柄，寒光固然沒有映入夏目眼簾，卻也著實令人嚇出一身冷汗。他連忙起身，趕緊從鏡子手裡奪下剃刀。「別做糊塗事！」夏目一邊說，一邊把剃刀擲棄，剃刀擊壞一塊隔扇玻璃，掉到外廊，這時，鏡子茫然若失，什麼話也沒說。

不明就理的夏目確實被嚇壞了，輾轉反側，一夜難眠。

她是迫於無奈拿起刀子，還是由於病症發作不能掌握自己，才不顧一切玩弄起刀子？或是只從女人想要戰勝丈夫的心理，拿刀嚇唬人？嚇唬人的真意又代表什麼？是要丈夫恢復過去平和、親近的態度，或者只為淺薄的征服慾所驅使？夏目躺在床上對鏡子的行徑提出五、六種自我解釋，並不時把眼睛轉向鏡子，窺探她的動靜。鏡子不知是睡著還是醒著，身體一動不動，像是炫耀死亡一般，僵硬在那兒。

過去，兩人的關係單純，他認定鏡子不可思議的舉動是由疾病造成，每當鏡子病情發作，他就懷著對神懺悔的誠心跪在她膝下，他相信這是作為丈夫最親切、最高尚的應對。

「如果弄清原因，就是今天也未嘗不可那樣做呀！」他心裡想著。

然而不幸的是，他覺得事到如今，原因彷彿不似過去那樣簡單。他用心想了許多，卻怎麼也無法解釋這些難題，他感到疲倦，朦朧地睡了一會兒，起床後立即到學校去。這一天，他始終沒機會跟鏡子談起那件事，鏡子的表情就像太陽東升，昨日種種全忘了一樣，一副若無其事模樣。

夏目在倫敦期間，經常性神經衰弱發作，臨回國時稍見好轉，返國後又遇到諸多不順心的事，包括經濟拮据，哥哥、姊姊、養父相繼要錢；夫妻關係惡化；備課吃力，學生反應不好等，這些問題嚴重刺激他本來就不健全的神經，促使神經衰弱症再次發作，有時甚至出現精神失常的症狀，突然對鏡子和孩子發起火來，或者以為女傭愚弄自己，非要把她解僱不可；或者懷疑在家幫忙的學生是偵探，時刻監視他的行動。

夏目漱石回國後與兒子合影

他對自己的神經衰弱症並未採取放任自流的態度，反而刺激他更專注於寫作，在他當時所寫的一組題為《斷片》的文章，以及後來寫成的小說《道草》，都是不斷進行自我反省和自我鬥爭的明證。

誰也無法預料，堂堂一個英國留學生，竟在返國後落得一貧如洗，連家庭都難以安頓維繫。這是天命使然？時代悲劇？抑或是夏目漱石不善理財顧家所造成的慘狀？

夏目漱石返國後，發現妻子與兒女的生活依舊潦困

第五帖——

他的人像被印在千元的紙鈔上

夏目漱石的文學創作與晚年病痛

《我是貓》一舉成名

倫敦留學返國後的一九〇三年一月，夏目受聘擔任東京第一高等學校英語教授，以及東京大學英國文學講師，並常給《杜鵑》雜誌撰寫俳句、雜文類稿子。

第一高等學校的英語課程，不需要他花費多少氣力即能勝任；東大的英國文學課程，必須認真做好準備。躍登兩所著名學校的講台，他在東大的課程是「英國文學形式論」，九月開始正式講授「文學論」，前後共兩學年；「文學論」之後又講授「十八世紀英國文學」，直到一九〇七年三月為止。

為了傳授這些重要課程，夏目確實下了不少功夫，起初學生反應不好，使他失望不已，甚至想辭掉教職。他在當時寫的信裡一再提到這個問題。如一九〇三年五月的信寫道：「大學授課因不理解，評價頗惡……第一高中極為安閒、愉快，不似熊本負有責任。」六月的信寫道：「我喜歡高中，擬停止大學。」七月的信寫道：「我打算辭掉大學工作，找到院長大略陳述卑見，但院長氣勢頗盛，令我畏縮。」

一九〇四年二月十日，日本對俄國宣戰，日俄戰爭爆發，他所熟識的秋山真之，在這場戰役中，擔任海軍重要參謀，由於真之的謀略

明治 39 年在東京帝大擔任講師（前列左二為夏目漱石）

正確，成功擊潰俄國波羅的海艦隊，十一艘船艦和三艘驅逐艦全遭殲滅沉沒。就連英國軍事專家都說：「從未見過如此完美的勝利；此次海戰宣告了白人占據優勢時代的終結。開創了歷史的新紀元，未來白種人和黃種人都將站在同一基礎上。」

五月間，夏目漱石發表了一首鼓舞士氣的詩歌〈從軍行〉，表現出空前絕後的狂熱愛國情操。不過，這首詩歌被認為寫得不高明，甚至，當時東京大學英文科學生之間流傳起這樣的話：「寫這樣拙劣的詩，實在有損英文科的名譽。」

一九〇五年，夏目三十八歲，他在《杜鵑》雜誌發表了短篇小說〈我是貓〉，備受好評，應讀者要求一再連載，這篇小說使他一舉成名；深受鼓舞的夏目漱石有了強烈的寫作力量，使他往後十年的創作達到高峰。

〈我是貓〉，日文原名〈吾輩は猫である〉，從一九〇五年一月到一九〇六年八月，發表於正岡子規去世後，由高浜虛子接手主編的《杜鵑》雜誌，原先，虛子只是讓夏目漱石寫點作品發表，他卻毫不猶豫的寫下〈我是貓〉第一回交給對方。虛子看過以後覺得很有意思，再經夏目稍加修改，虛子大為讚賞。可小說還未想出適當的題目，索性利用小說開頭第一句「我是貓」當篇名。

夏目漱石本來只打算寫完一回就結束，殊不知讀者的反應不壞，虛子勸夏目繼續寫下去，於是他又寫下了第二回。本以為可以就此打住，豈料第二回才經發表，立刻造成轟動，夏目漱石下筆無法收拾的就一回一回地寫下去，直寫到第十一回，才終於完成長篇鉅著的《我

夏目在居所撰寫《我是貓》

是貓》，以及後來陸續出現的《我也是貓》等系列「我小說」。《我是貓》問世，明治維新已然經過了三十幾年。其間，日本確立了以天皇為中心的地主資產階級聯合政權，這個政權對內施行壓迫和剝削，全面鎮壓「自由民權運動」；對外則發動日清和日俄戰爭，藉機掠奪大量賠款，搜刮大批資源。台灣即在日清戰爭，清國戰敗後，以「馬關條約」割讓給日本。

身為一名頭腦清醒的知識分子，夏目漱石生活在這種環境下，清楚的看出這個社會存在的種種弊端。

《我是貓》這部確立夏目漱石在日本文學史上非凡地位的小說，採取幽默、諷刺、滑稽的手法，以任職中學教員，經濟窘困的主人珍野苦沙彌的日常起居為主軸，並借助苦沙彌飼養的一隻貓的視覺、聽覺、感覺，觀察荒唐可笑的人間。其間穿插了鄰居資本家金田企圖嫁女不成、陰謀報復苦沙彌的矛盾衝突，以及嘲諷明治時代知識分子空虛的精神生活、譏評自命清高，卻無所事事；不滿現實，卻無力反抗；平庸無聊，卻貶斥世俗的矛盾性格的人，同時撻伐金田等資產階級者及其幫兇的勢利、粗鄙、兇殘的本性。

小說結尾處，這場人性爭鬥風波逐漸平息下來，苦沙彌的生活又恢復原來樣子，家裡的貓卻感到無聊透頂，便偷喝啤酒，掉進水缸裡淹死了。

夏目漱石這篇小說構思奇巧、描寫誇張、結構靈活，鮮明有趣；後人評論，明治時期的小說創作，受到《我是貓》啟示而起念創作，只有夏目的弟子芥川龍之介的《河童》可以與之匹敵。

由文學家川端康成題字書寫的夏目舊居址

初進入報社的文學工作者

《我是貓》造成轟動後，夏目漱石緊接著出版了中篇小說《哥兒》、《草枕》和短篇小說集《漾虛集》等，這時的夏目漱石已然躍身為日本文壇的知名作家。

一九〇七年，他辭掉教職，專業從事文學創作，為《朝日新聞》撰寫連載小說。其中，探討愛情與遺產問題的長篇小說〈虞美人草〉開始連載，接著又陸續發表〈三四郎〉、〈從此以後〉、〈門〉等愛情三部曲，《門》付梓出版不久，趕上大逆事件衝擊文化界，他的創作由批判客觀現實轉而披露主觀世界，代表性作品有《過了春分時節》、《行人》、《心》三部曲。他一生中最後的作品則是自傳體小說《道草》以及未完成的《明暗》。

從一位赫赫知名的東大教授，踏上專業作家之路，可是夏目漱石始料未及的事？

夏目漱石早就不想從事教育工作，自從《我是貓》問世，得到讀者熱烈迴響，激發起他創作的熱情，他開始思考自己的未來究竟該從事什麼樣的工作了。

他在一九〇五年五月的信裡曾表示，雖然身為教師，總覺得與其以教師立身，不如以「拙笨之文學工作者」立世更吻合自己的性情。七月的信，進一步透露可能改換職業的想法，只是還沒找到合適的工作。此後幾封信，總是在是否改變工作的問題打轉。如九月的一封

1907年夏目漱石40歲，在朝日新聞社服務

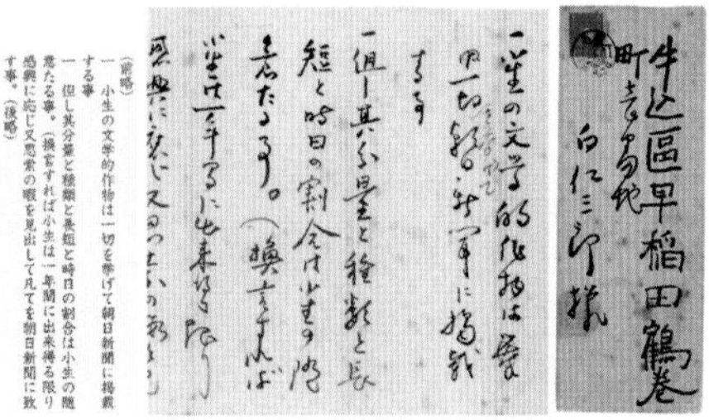

《朝日新聞》招聘夏目時，夏目所提入職意見書的部分條目

信，寫道：「總之想停止的是教職，想從事的是創作。只要能創作，對天對人便都盡了情義，對自己更不必說了。」

儘管厭惡教師工作，熱切希望成為專業作家，不過，他仍必須認真思考能否養家餬口等切身問題。其間，曾先後跟《讀賣新聞》和《朝日新聞》洽談工作的可行性，煞費不少苦心。

一九〇六年十一月，《讀賣新聞》提約邀請夏目漱石擔任該報文藝欄編輯，要求隔日寫一欄或一欄半短評或小品，每個月報酬六十元。夏目認為，用如此低廉的工資消耗時光在只有一天壽命的報紙，這跟為大學講課消耗時光沒多大差別，何況報社的職務不如大學穩定，未予應允。

隨後，《朝日新聞》前往招聘夏目。

當時的《朝日新聞》分為東西兩家，東指東京朝日，西指大阪朝日。最初提出有意招聘夏目的是大阪朝日，時間約在一九〇六年十二月，但夏目仍未點頭答應。直到第二年二月，東京朝日對夏目突感興趣起來，頻頻向他招手，積極爭取。二月十四日，報社派人訪問夏目，說明希望延聘他入社的意願；夏目表示考慮後再作答覆。三月四日，夏目寫信給報社，提出許多具體問題，並要求得到明確答覆。

三月七日，代表人員再訪夏目，回答他所提出的問題：

一、問：月薪若干，其數額是固定還是累進？

答：月薪二百元，累進式。

二、問：能否保證不隨便免職？能否由主編池邊氏或社長提出保證？

答：您若希望，可做正式保證。

三、問：退休金和養老金等情況如何？其數額相當在職工資大約幾成？慣例如何？

答：已有草案，但尚未確定，相信社章遲早會制定出來，請暫且參照政府機關加以估計。

四、問：小說一年寫一部適當否？其連載回數應為若干？

答：希望一年兩部，一部百回左右之大作。若縮短連載回數，三部亦可。

五、問：營業部對作品抱怨亦無妨乎？

答：絕對保證營業部不會有抱怨之事。

六、問：作品內容不適合現今報紙亦無妨乎？

答：無妨。確信並期望先生之名聲將隨此後朝日新聞之發展日益廣泛傳誦。

七、問：小說以外可寫者，自選題目一週當出幾種？一種分量若干？

答：此事可隨時磋商。不希望多作，亦不勉為其難。屆時社方亦談希望，亦聽先生之希望，及時做出適當決定。

八、問：雜誌方面允許目前這樣自由執筆否？

答：對歷來與您關係密切之《杜鵑》可自由執筆，向其他一、二雜誌寄論說稿亦無妨。但小說希務必全部交社，並絕對勿為其他報紙執筆。

九、問：能否獲得編輯出版報載全部作品之版權？

答：無妨。

商談之後，夏目又提出更具體的問題，表示希望直接跟主編池邊三山會晤。三月十五日，池邊氏拜訪夏目，這次的會晤促使他最後下定進入報社工作的決心。

不過，在當代人眼中，大學教授的地位比起小說家崇高許多，不少人聽到夏目漱石辭掉東京大學教職，進入朝日新聞社的消息後，咸表不解；他自己並不覺得離開大學教職，進入報社工作有什麼不可思議。

他認為，進入報界能否成功，固然值得疑慮；萬一不成功，恐將遭人譏為無謀，若有人感到吃驚，也是理所當然。但如果有人是對拋棄大學的榮譽地位吃驚的話，他就不以為然了。

夏目說，大學也許是有名學者的結巢之處，更是可敬的教授和博士聚集之所，忍耐個二、三十年便可能成為敕命官，誠然是好職場。想要進入東大校門，走上講台的候補人選為數眾多，擔任大學教職的好處由此可知，他完全同意。

「但所謂同意，僅僅是對大學的好處表示同意，不可貿然斷定為報社即是不好的職業。」他說。

夏目指出，報社若是買賣，大學也是買賣。如果不為賺錢的話，就沒必要奮力去爭取擔任教授和博士，也沒必要請求提高工資，更沒必要去做敕命官。他認為報社若是下賤的買賣，大學也是下賤的買賣，只有私人營業和官辦營業的差別而已。

夏目終於實現宿願，辭掉教職，變成專業作家，但心裡卻又隱約潛藏著某種不安之感——對不熟悉的新生活的不安，以及對不穩定的新職業的不安。

一九〇七年進入報社前，決定先到京都做短期旅行，回來後立即全力以赴投入新工作。五月，他在《朝日新聞》發表〈入社之辭〉；五月至六月間，連載理論作品〈文藝的哲學基礎〉，同時，他在英國著手搜集材料，後來在東京大學講授兩年的《文學論》著作也由大倉書店正式出版。由於整理者不諳編輯作業，印刷廠又不負責任，錯誤百出，使他十分惱火，甚至曾想「將印好之千部聚於庭院，以火焚之」。

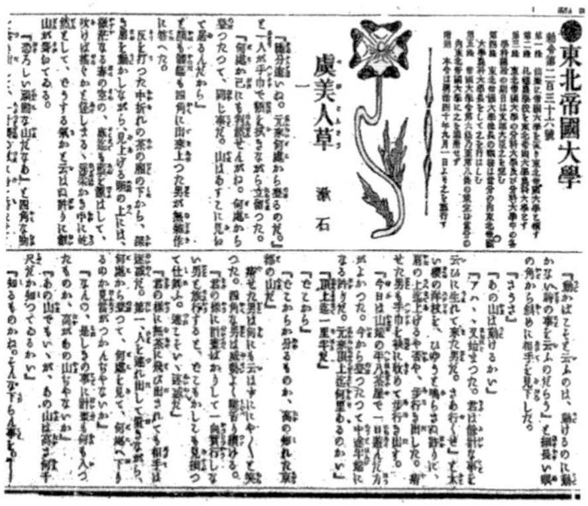
東北帝國大學

虞美人草　漱石

發表在朝日新聞的〈虞美人草〉

其間，夏目漱石最大的成就便是發表長篇小說〈虞美人草〉的連載。因為是進入《朝日新聞》的文學處女作，故而文筆、主題、人物以及布局結構，格外用心。

〈虞美人草〉連載消息預告不久，三越百貨店立即出售虞美人草浴衣，玉寶堂發賣虞美人草戒指，報童紛紛叫嚷「夏目漱石的虞美人草」用以兜售《朝日新聞》，一時之間滿城為之轟動起來。這種熱烈的氣氛，正是夏目懷著緊張、激動的心情，動手寫作走向新生活的第一部小說的成果。

《虞美人草》的出版與暢銷，奠定了夏目漱石在《朝日新聞》崇高的地位。

在朝日新聞發表〈虞美人草〉，造成轟動，三越百貨店立即出售虞美人草浴衣的海報

《坑夫》出版前後的詭奇情節

一九〇八年，夏目漱石在鄰近早稻田大學的早稻田南町住下；有一天，一名姓荒井的青年冒失造訪，開門見山就說要告訴夏目一段個人經歷，請夏目漱石寫成小說，只要求給他一筆錢，作為報酬。時當夏目家中正有訪客，沒餘暇時間聽他說故事，夏目便從錢包裡拿出幾張鈔票塞給他，還問他夠不夠用。對方回答「夠了」，還禮貌的詢問夏目當晚是否在家，他一定會準時前來述說那段故事。夏目心想，話雖這麼說，或許是個騙子也說不定，不當它一回事。

當晚，青年荒井依約前來，他跟夏目講述自己當礦工的種種情況，夏目認真的記下所有他的談話內容，約莫十幾張紙。青年講完以後，夏目勸他自己把這個題材寫成小說，荒井也欣然同意。事隔一段時間，荒井不但沒履行諾言，也沒動手寫作，甚至窩在夏目家閒住，不明情況的人，還真為這個青年出現在夏目家感到納悶。

就在這時，《朝日新聞》的連載小說即將斷炊，夏目必須接手發表新作。他想到用荒井所講述的故事為素材，在徵得荒井本人同意後，立即動起筆來，最後寫成長篇小說《坑夫》（或譯為《礦工》）。

依夏目的說法，原本只打算在報紙連載三十回，後來越寫越長，終於寫成連載九十多回的長篇。出人意表的是，連載轟動後，荒井卻到處誹謗夏目，謊稱夏目騙取他的親身經歷寫成小說，賺來的稿費一毛錢也沒給他。

夏目為了這件事苦惱萬分，人性可惡到了極點，這次算是教訓，以後當有人再來委託他把自己的事寫成小說，他只把材料記在筆記本上，絕不隨意拿來當成寫作素材。

《坑夫》的情節十分普通，夏目寫來卻異常生動，故事概要是說：一個十九歲的富貴人家子弟，愛上一名女子，父母卻為他選擇另一個女生；由於不能忘情所愛的人，經常遭受父母親友的責怪。為了愛情和婚姻苦惱，他左思右想，心情受困，找不到情感的出口，最後想把自己化為煙霧，以自殺方式了結。有想法但沒決心，後來選擇離家出走，一心要到不見人煙的地方。

就在漫無目標奔走時，一個人口販子相中他，帶他到一座銅礦山上；在礦場，他遭受其他工人的嘲弄，嘗到被臭蟲叮咬的痛苦，吞嚥牆土般苦澀的米飯，同時看到礦坑底下駭人聽聞的勞動現場，可為了不想回家，仍不顧一切要求留下工作。結果是，因為體力條件不足，不被允許進入礦坑，只好當起帳房。五個月後，他離開礦山，回到東

發表在《朝日新聞》的〈坑夫〉

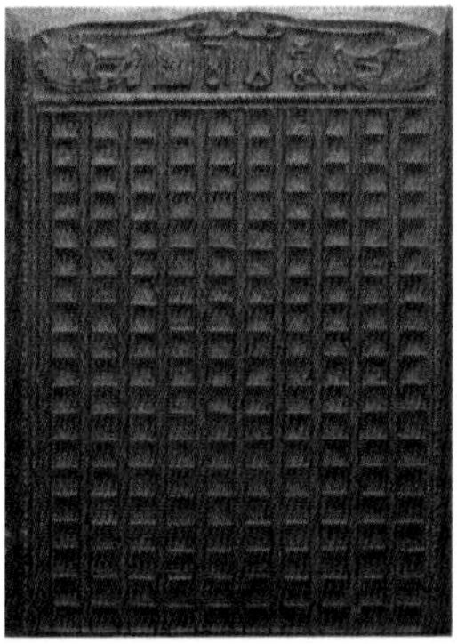

夏目專用稿紙的印刷鋅版

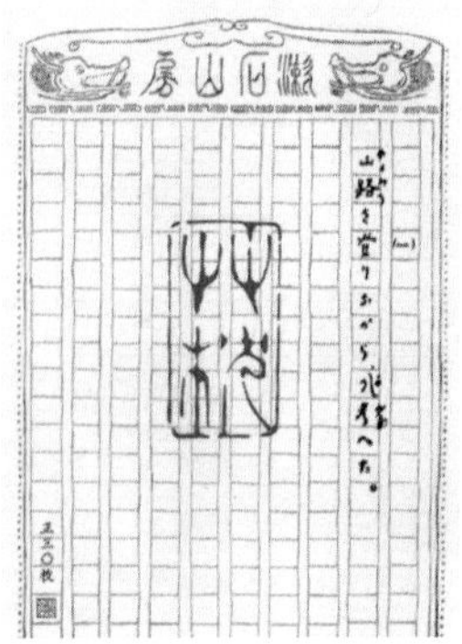

夏目專用稿紙

京，意圖重新過日子。

當事人說的故事簡單，夏目在小說裡寫到他的部分，僅是他剛到礦場三天的情況，以前的故事是回憶，以後的故事則簡單交代。書名叫《坑夫》，其實只是一個沒有當成礦工的青年，在礦場生活的參觀記罷了。

《坑夫》在夏目的所有作品中占有獨特地位，它不正面寫工人的內心世界，而是透過知識分子的眼睛看待工人，因此，只能寫下工人生活的表象，並沒深化到挖掘工人的內在；只寫工人的粗鄙行為，並未深刻表現工人的思維。

夏目本人從未經歷過礦工的真實生活體驗，所根據的故事背景，只是藉由青年荒井的敘述，以樸素無華的文筆，非嚴密的布局，毫無戲劇性的情節，更沒優美動人的詞藻為創作體例，因此會出現這種局面並不奇怪，反之則易於使人感到不可思議。

儘管如此，當讀者取《坑夫》和夏目其他作品比較，仍會有異乎尋常的感動；他描述骯髒的被褥、可怕的臭蟲、粗糙的飯菜、漆黑的礦坑、危險笨重的勞動、礦工憔悴不堪的面容、病人賣子當妻的遭遇……礦場是名副其實的地獄，礦工恰似牛馬，過著不見天日的非人生活。

夏目在這篇小說中，不把自己侷限在固定寫作模式裡，反而為讀者生動地描繪明治四〇年代，日本礦工和礦場的多面景象，僅就這點來看，《坑夫》一書的價值已夠斐然有成。

濟濟一堂的木曜日會

向來主張藝術要跳脫現實、超乎人情，才是美的夏目漱石，認為生活一樣要超乎現實、跳脫人情，才足堪稱之為美。

然而，人們所能見到的藝術常常超脫不了現實，生命過程時而苦痛、憤怒，時而咆哮、哭泣，這些苦痛、憤怒、咆哮、哭泣又如此真實的貼近人世，與生活交織錯結在一起。他說，人們必須站在可以看到的，一如杜斯托耶夫斯基的第三者角度，把眼界束之高閣，才能達到看戲劇有趣味，讀小說有興味，生活下去也有滋味的境地。

這是夏目漱石「非人情」的生活觀，也是他在小說裡所企圖創造的美的世界。

從英國留學返國後，他曾在東京大學講授文藝理論並發表〈我是貓〉、〈虞美人草〉等小說，名聲卓絕，不少有志文學創作的青年開

夏目漱石水彩畫繪圖作品

始頻繁地出入夏目家，成為他的門下，「漱石門派」迅速形成。最初到訪者，主要是過去在熊本第五高中和東京大學的學生，後來範圍逐漸擴大，其中如芥川龍之介、森田草平、小宮豐隆、鈴木三重吉、寺田寅彥、廚川千江、平川草江和蒲生紫川等各業精英，後來都在文學創作嶄露頭角。

夏目平時總是穿著黑色的和服短外褂，正襟端坐著。他特別喜歡那些不為他的名聲、地位，僅是愛慕他這個「人」而來的青年，他跟這些青年的關係建立在教學相長、互相促進的激勵層面上。正如小宮豐隆所言，夏目善於啟發別人，也善於從別人身上得到啟示。他的頭腦敏捷，能迅速發現對方長處；他的想法既有創造性，更能激發對方的創造機能，活潑運轉，兼而刺激創造力。例如，他發憤寫俳句、繪作水彩畫、寫小說，都與聚集在他身邊那群熱心文藝的青年所形成的濃厚創造氣氛，有著密不可分的關聯。

既喜歡跟青年交往，然交往時日一久，自己的創作和教學難免遇上阻隔。

他在一封信裡如此寫道：「我日日接待來客，無暇進行任何工作。然來客三分之二乃對我懷有興趣者，故我這方面也一見面話即長，愚見以為歸根結柢無非自己製造來客自己為難。」為了解決矛盾，他和門生議定從一九〇六年十月中旬起，改為每星期四下午三點以後為共同會面時間。從此以後，除特殊情況，每逢這段時間，文友便從四面八方來到夏目家，濟濟一堂、促膝談心、暢所欲言，熱鬧異常。這即是著名的「木曜日會」（星期四會）。

門生芥川龍之介送給夏目的著作《羅生門》簽名書

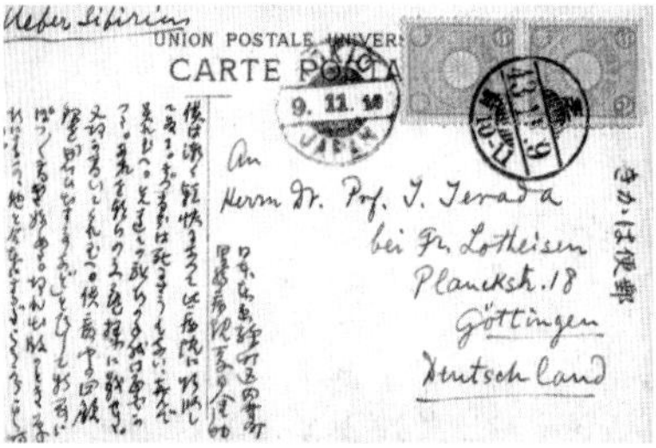

門生寺田寅彥寫給夏目的關懷信函

被譽為「國民作家」的文豪

因為寫作出版《我是貓》、《哥兒》、《虞美人草》等暢銷小說，夏目漱石成為日本家喻戶曉，享有盛名的文學家，中小學校選錄他的作品為課程教材，幾乎所有日本人都讀過他的作品。文學評論家公認他是日本近代文學史上最傑出的作家之一，有學者甚至將他和森鷗外並列為明治時代文學巨擘；日本發行的千元鈔票，紙鈔上亦曾採用他的人像作為圖案；除了千年前寫作《源氏物語》的紫式部的圖像被選為兩千元紙鈔之外，一千元面額的夏目漱石，便是日本近代文學發展史上，破天荒第一次被賦予無上榮耀的文學家。

就世界文壇來說，夏目漱石也是最為人們熟知的日本近代作家之一，以《阿Q正傳》一書聞名於世的中國作家魯迅先生曾給予夏目漱石的作品極高評價。他說：「夏目的著作以想像豐富，文詞精美見稱。早年所作，登在俳諧雜誌《杜鵑》上的〈少爺〉（哥兒）、〈我是貓〉諸篇，輕快灑脫，富於機智，是明治文壇上的新江戶藝術的主流，當世無與匹者。」不僅如此，魯迅後來回憶自己當初「怎麼寫起小說來」時，也曾明確指出夏目是他那時「最愛看的作者」之一。此外，從他的日記裡還可以發現，魯迅直到去世那年，仍舊熱忱閱讀《漱石全集》，可見他是多麼器重夏目漱石的作品。

直到目前，夏目漱石的作品在坊間譯成中文出版者，包括：《我是貓》、《哥兒》、《草枕》、《夢十夜》、《三四郎》、《心》、《門》、《從此以後》和《文學論》等。不少大學文學科系將他的作品列為東洋文學教學和研究內容之一，閱讀他作品的人日益增多，人們熟知的夏目漱石的小說，風格多樣、語言細膩，值得一讀再讀。

夏目漱石出生一八六七年，正當德川幕府垮台，日本剛踏上近代社會的舞台，也即明治維新的前一年，可以說是明治社會和日本近代社會的同齡人；日本剛成立學校教育的正式小學，也是他正要進入小學就讀的年紀；剛成立第一批中學，也是他到了該進中學的年紀；第一所大學成立不久，他又考進大學就讀；首批由官方選派中學教師出國留學深造，萬中選一，他又成為眾人矚目的佼佼者。他是日本第一批正式、系統地接受近代學校教育的高級知識分子之一。

夏目對東西方文學與藝術的偏好，在明治時代的知識分子中有一定代表性的地位。他對日本的文學藝術，除了俳句、美術之外，其他並不怎麼看重；從小喜愛漢學，立志終生鑽研漢學，他的漢詩、漢文修養極高。無奈明治維新標榜學習西方文化，並成為社會普遍風氣，大勢所趨，人心所向，迫使他不得不改弦易轍，從事西方學術的研究，他的文學理論和創作實踐，無疑是以英國以及其他西歐各國的文學思想為標的。慶幸的是，他始終沒有捨棄漢學，時常動筆寫作漢詩，算是典型遊走在東西方學術意味中的人。

作為一個正直的知識分子，夏目漱石的文學創作過程相當曲折。

三十七歲正式創作文學初期，他看到社會充滿黑暗，人生充滿不平，權勢者飛揚跋扈，追隨者卑躬屈膝，因而感到無比氣憤，決定提筆加以撻伐，《我是貓》和《哥兒》是這時結下的碩果，隨後出現的

《草枕》，雖則顯示逃避鬥爭的傾向，僅構成小小的曲折和迴旋。繼之發表的《疾風》，朝社會批判方向邁進。

《疾風》的主角白井道也的形象顯現了夏目金剛怒目的一面，他透過白井道也大學畢業以後，到農村中學教了八年書，處處與當權者發生衝突，終於憤然離開農村，離開教育崗位，回到東京，拿起筆桿，決心與惡勢力進行更有效的戰鬥。

夏目筆下的「道」是不怕被孤立的。他說過，自古以來要想做大事的人，大都孤獨，有可能跟親友翻臉，甚至被妻子欺負，受女傭嘲笑。沒這種心理和思想準備，就不可能成為真正的文學家。

儘管《疾風》在藝術層面表現並不如預期，但從《虞美人草》到《三四郎》、《從此以後》、《門》等作品，他逐步確立男女情愛的基本主題，著重表現個人道德與世俗倫理的矛盾，同時在展露人物內心世界，不斷提出真知灼見；到了前期創作的最後一部小說《門》，僅縮小在男女主角及其小家庭的範圍，社會和人性的批判傾向削弱不少。

夏目漱石在伊豆修善寺溫泉養病，圖為修善寺（又名修禪寺）

一九一〇年六月，夏目因胃潰瘍住院，八月六日到伊豆修善寺溫泉菊屋本店療病，二十四日晚間大量吐血，爾後陷入昏迷，病情一度惡化。夏目的親友、學生等，懷著臨終告別的心情，從四面八方趕到修善寺溫泉(註)，幸而二十六日稍有好轉，二十七日也沒出現異狀。十月十一日返回東京，住進長与胃腸病院。

一場差些喪命的「修善寺の大患」事件，使他在思想和藝術上的思維發生巨大變化。

這場病形成的生命體驗，對夏目漱石的人生態度產生莫大影響。這種「絕對平靜」的境界，使他朦朧地感受到個人與世界之間某些無法明示的祕密。他晚年宣揚「遵照天理，去掉私心」，不也是跟這種心境吻合嗎？再則，這次患病使他對人和人關係的看法產生了變化。

大病初癒的夏目漱石，生命焦點逐漸從外界轉向人的內心世界。他一面憎恨周遭過著不合理生活的人，一面又發現自己同樣過著不合

註：修善寺溫泉，地名。

理的生活；於是一面憎恨不公的社會，一面又不得不憎恨自己；一面發掘別人的私心，一面又發掘自己的私心，越是發掘下去，越是感到醜陋。

後來，他作品中關於批判不公不義社會的內涵大量減少，縱有，力量也被削弱許多，他集中精神以精雕細琢的手法剖析人的內心世界，人的私心，尤其是男女情愛的矛盾表現出來的私心，以及藉此產生的苦悶、孤獨和絕望，這些都成為夏目後期作品的主要精髓。

夏目養病所下方的「獨鈷之湯」

夏目漱石是日本近代文學的開拓者，他的創作傾向雖複雜，卻明白彰顯出現實主義的精華。其間，日本文壇的浪漫主義高潮褪去，自然主義學派隆盛興起，夏目的作品為當代文壇獨樹一幟，他依照自己對文學的理解創作，他認為只有透過虛構才能產生超越「事實」的「真實」。因此，他的成名作《我是貓》一問世就受到自然主義學派的攻擊，並被斥為庸俗無聊的作品，此後，他的作品不斷受到自然主義學派的指責，然而這些惡意攻擊或斥責並不能真正反映夏目創作的本質。

一九一二年元旦當天，《朝日新聞》開始連載了他的長篇小說《過了春分時節》。

小說發表之前，夏目寫了一篇序言，闡述寫作態度，明確表示，自己既不是自然派作家，也不是象徵派作家，更不是新浪漫派作家。他沒有使自己的作品冠上固定派別的自信，也不需要這種派別、這種自信，有的話，就僅有對自己的信念罷了。

他不喜歡吹噓自己的作品是否跟上「潮流」，更不希望藉由文壇濫用的空洞流行語作為商標，他只想寫出自己認為適宜又合乎理想的文章。

夏目漱石一生的文學創作，關心現實社會、認真思索人生，他努力透過各種型式反映生活，特別堅持知識分子對待現實社會的創作方法。他的作品風格樸實、幽默風趣、結構巧妙、描寫生動、語言樸素，難怪會被日本民眾稱為「文豪」、「國民作家」。

修善寺夏目漱石紀念館

對博士頭銜毫不感到興趣

一九一〇年因胃潰瘍發作，差些命喪伊豆修善寺溫泉的夏目漱石，在東京長与胃腸病院住院時，出現了紛紜議論的「博士」問題。二月間，文部省決定授予幾個人博士學位，其中包括夏目漱石。但，舉行儀式前一晚，才給夏目家送去通知，要他第二天報到。當時夏目還住在醫院，翌日清晨，家人給文部省打了電話，說明夏目因病不能參加。

夏目漱石聽到這事後，便給文部省寫了封信，表示辭退學位的意願。

當晚，文部省隨即派員送來學位證書，夏目馬上讓人退了回去。文部省卻聲明：「這是敕令，不能辭退。」夏目卻認為，文部省辦事不合情理，文部大臣無視個人意志，令人不快；並且明確表示：「鑒於我國目前學術、文藝兩界之形勢，本人相信現今之博士制度乃利少弊多之事。」這件事從二月鬧到四月，最後還是不了了之。

夏目對博士頭銜毫不感到興趣，不論對方為誰，始終不肯違背自己的意願，屈從對方主張。他說：「總而言之，文部大臣表示不取消授予，我則表示不取消辭退。社會承認我的辭退？還是承認文部大臣的授予？這要根據社會的常識以及社會對學位令所加的解釋來決定。但是，無論文部省的決策如何？社會看法如何？我有按照自己的想法肯定自己的自由。」

從長与胃腸病院出院的隔年二月，他仍堅辭文部省授予的文學博

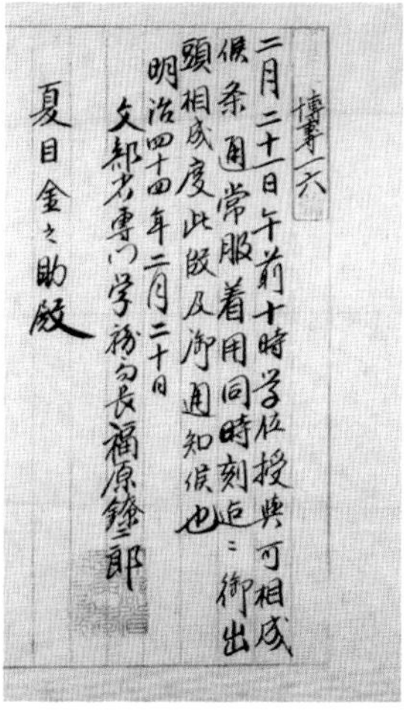
博事一六
二月二十一日午前十時学位授與可相成候条通常服着用同時刻迄ニ御出頭相成度此段及御通知候也
明治四十四年二月二十日
文部省専門学務局長福原鐐二郎
夏目金之助殿

日本政府授予夏目漱石博士學位的通知書影本

士榮銜，並於同月二十四日在東京朝日新聞發表（博士問題）的談話筆記，說明他對於婉拒榮膺「文學博士」的原由。八月，他到大阪出差，因胃潰瘍舊疾復發，住進湯川醫院，住院月餘，直到九月出院才返回東京。隔月，《朝日新聞》文藝欄被廢除，他提出辭呈，後因報社挽留而撤回；不出兩個月，五女比奈子（又稱雛子）去世，使他倍加痛苦。

夏目在日記裡寫道：「活著時也沒覺得比奈子比別的孩子更寶貴，一死就感到她最可愛，而剩下的孩子彷彿都無關緊要似的。在外面走路看見孩子就會引起疑問：這個孩子活蹦亂跳地玩，我的孩子為什麼不能活下去呢？昨天偶然發現了放在屋裡的炭籠，這個炭籠是我從外國回來時買的漂亮玩意兒，當時心想為了安家立戶，至少得有個炭籠吧！那還是雛子出生前五、六年的事。這個炭籠仍然完完整整地存在著。無論壞了多少都能馬上替換、補償的炭籠依然如故，毫無損傷，然而無可替代的雛子卻死去了。她為什麼不能和這個炭籠交換呢？」

為了紀念比奈子去世，他把這段經歷和體驗寫進《過了春分時節》裡，題名〈下雨天〉，筆調優美，充滿哀愁。他在給朋友的信裡寫道；「關於〈下雨天〉，有我個人感懷甚深之事。自三月二日（雛子生日）起筆，同月七日（雛子死後百日）脫稿，為亡女做好供養，令我十分喜悅。」

病情惡化時或者接觸親人死亡當下，他始終要自己堅強活下去。

被日本人暱稱「文豪」的夏目漱石，從小接觸漢學，及長又受到英國文學薰陶，使他的文學作品流露從容優雅的氣息和幽默感，有別於典型大和民族的沉鬱之慨；他對明治時期的日本受到西方自然主

伊豆修善寺附近，夏目漱石療病時的散步道

散步道所載夏目漱石在修善寺療病的大患之記

義影響，產生的抑鬱悲觀文風甚是不滿，他主張為藝術而藝術，從文學作品中體驗美感。這種悠然的寫作風格使他被列為「餘裕派」（日文，又稱よゆうは，喻指悠閒、從容不迫）作家，另包括高浜虛子、寺田寅彥、鈴木三重吉、森鷗外等。

夏目漱石晚年的文風逆轉，大都以解析人心為主，處處流露作者嚴厲的自省力，他的小說因結構井然，想像力豐沛，引起廣大讀者共鳴，受喜愛的程度至今依然不墜，一直以來即享有「日本國民作家」的美譽。二〇〇〇年，夏目漱石更被《朝日新聞》票選為日本一千年來最受歡迎的文學家之首。

一九一四年，夏目漱石四十七歲，寫完《心》一書後，要人命的胃潰瘍再一次發作，臥床一個月餘。自從一九一〇年在修善寺溫泉大病以後，他幾乎每年都要病倒好幾次，每回病倒，不是正在寫作一部小說，就是完成一部小說之後。顯然，寫小說是他胃潰瘍發病的主要原因，寫作小說不斷縮減他的生命，他卻依然故我，頑強地堅持下去，絕不肯中途輟筆。

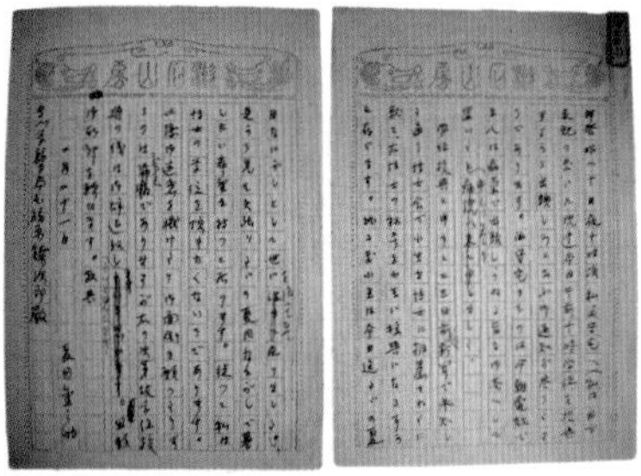

夏目漱石《道草》的原稿筆跡

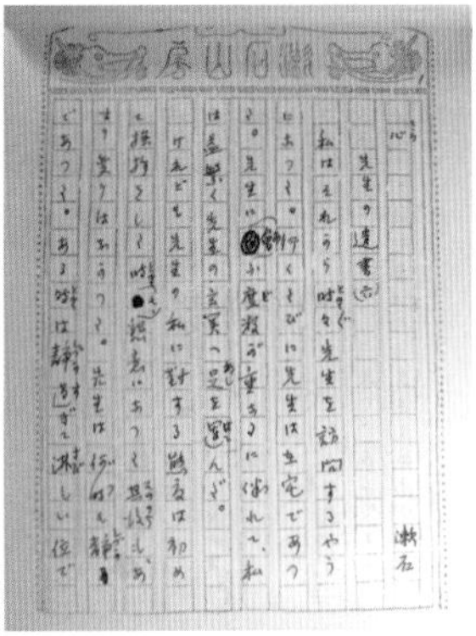

夏目漱石《心》的原稿筆跡

一九一四年十一月，夏目應學習院輔仁會邀請，以〈我的個人主義〉為題演講，夏目把他一貫主張的個人主義歸納三點：第一，要發揮自己的個性，也必須尊重別人的個性。第二，要使用自己的權利，也必須懂得隨之而來的義務。第三，要顯示自己的財力，也必須重視隨之而來的責任。

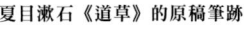

可見夏目提倡的個人主義，並不是損人利己的個人主義，而是既尊重自己又尊重他人的個人主義。

他生前最後出版的長篇小說《道草》，發表在一九一五年六月到九月的《朝日新聞》，屬於自傳性的小說，可以稱之為小說體的自傳，兼有「自傳」和「小說」二者的特點，交織著「真實」與「詩意」的文學作品。

小說結尾處，主角健三說道：「世界上幾乎沒有什麼該徹底解決的東西，一度發生過的事情將會長期繼續下去。只不過由於變化成各種形式，他人和自己都不瞭解罷了。」這段意味深長的話，是整部作品的最佳註腳。

在那個令夏目漱石悶悶不樂的年代，他用文字抒發情緒，想來也是身為知識分子「最高的情操」吧！台灣也有出版社引進出版了一套榮獲日本手塚治蟲文化賞，由谷口治郎和關川夏央兩位大師耗時十一年製作，全書共分為五部，描繪了日本近代文化先驅夏目漱石等人多采多姿的生活——《少爺的時代》的不朽漫畫；從第一帖的〈漱石先生喝啤酒發酒瘋的事蹟和經過〉到第十一帖的〈明治三十九年的櫻花〉，道盡文豪夏目漱石心底最深沉的「苦悶的痛」。

明治時代的文人如此，而今時代復又如何啊！

死亡是人最幸福的歸宿

一九一五年十二月，夏目左臂從肩部到腕部開始疼痛異常，寫字十分吃力，夜間不得好眠。起初以為是風濕症，經過檢查證明，疼痛是由糖尿病引起。翌年四月到七月，連續進行了三個月治療，疼痛才暫時解除。

一九一六年五月十九日、二十日開始，他一邊療病，一邊動筆撰寫長篇小說《明暗》。這部書一直寫到十一月二十一日上午，也即臥床不起的前一天；這篇小說後來在《朝日新聞》發表，始於五月二十六日，終於十二月十四日——夏目過世後的第五天。

夏目撰寫《明暗》時，似乎並不特別吃力，就連一向討厭的夏天，也不覺難熬。或許是他身體狀態在最後階段出現異常，好像燈火熄滅前忽然閃爍一樣。他在當時的一封信裡寫道：「今年夏天好像非常容易熬過，每天寫小說不覺得痛苦。我把摺疊椅放在院子裡的芭蕉旁，躺在上面，心情很好。寫小說不吃力，反而感到痛快。以藝術創作度過長長夏日，這件事本身使我心情很好。這種精神又變為身體的快樂。」不過，這部小說越寫越長，連他都感到為難。

跟《三四郎》之後的作品一樣，《明暗》寫的是男女情愛糾葛，同屬三角戀愛關係。不同的是，以前的作品大都是兩位男性跟一位女性的關係，《明暗》則變為兩位女性和一位男性的關係。

夏目病故前居所「漱石山房」，後遭美軍炸毀

夏目覺得長期以來每天寫《明暗》這種揭露人類私心的小說太俗氣了，所以從八月起便上午寫小說，下午寫漢詩。根據《漱石全集》所述，這個階段他寫下的漢詩共七十多首，從八月十四日到十一月二十日幾乎每日一首，這些詩歌大都表達他不同的情思。

病中，夏目對禪宗又重新熱絡起來，經常和禪僧通信，討論修業問題。曾在給禪僧鬼村的信裡表示，他本來打算以適合自己的方式和心情修道，但是醒悟過來一看，發現結果很不理想，行走坐臥充滿虛偽，實在可恥。從這裡可以想見夏目漱石的晚年迫切希望大徹大悟，強烈要求入道。

長期以來，夏目一直熱心培育青年後輩，還曾為他們的成長壯大花費不少心血。大批的往來信件和每週舉行的「木曜日會」，即是最好的證明。到了晚年，後來成名的門生芥川龍之介、久米正雄、松崗讓等人都經常登門、寫信求教。從留存下來的一些信件，可以看出夏目對他們循循誘導和熱切的希望。其中，有一信函如是寫道：「你們在學習嗎？寫什麼？你們打算成為新時代的作家吧！我也這樣看你們的將來。希望你們做出偉大貢獻。但是不可過分急躁。要緊的是像牛一樣不在乎地向前走去。我希望你們把更樂觀、更愉快的氣氛輸入文壇。」

這是夏目漱石「人間愛」的極致表現，晚年時，甚至不顧念身體狀況，為不少因「政治信念」被羅織罪名入獄的學生和門生奔走請命，這種旨在表明「愛的價值源泉是日本人心靈深處的自然天成」的氣魄，正是他一貫的思想；不難看出，當日本軍閥在日俄戰爭勝利後，自我沉醉在世界強國的興奮中，夏目漱石會以他主張內在內發性的文化思維，藉由《三四郎》廣田先生的嘴喊出「日本要亡國」的重話。

這使人聯想起正岡子規過世後，某一天他到《杜鵑》雜誌社交《我是貓》的連載稿件。時當日俄戰爭日本取得勝仗，他有感而發的說出：「我就是缺少大和民族的精神啊！」又說：「所以最近遇上講大和民族精神的話，就稍微避開點路。大和民族精神誰都會說，但就沒人見過；誰都聽說過，但就沒人遇見過，問他大和民族精神到底是什麼？只會回答說：就是大和民族精神啊！便走人了。」

「我雖然是個文人，還是要靠軍人的力量才能生存下去，這種時候，自己真是一文不值，現在我算是體會到了，痛恨自己這種無能為力的感覺，正岡君如果還活著，應該也會說出同樣的話。」夏目沉思一陣後，接著又說：「要是輸給了波羅的海艦隊，日本就會淪為俄國的殖民地，《我是貓》還有正岡君的『前日之絲瓜露，亦不曾飲』就無法用日語閱讀了；落語、歌舞伎、能樂，還有狂言也都完了。我以

夏目在漱石山房寫字間

前蔑視棄文從武的秋山真之，如今，能夠依靠的就只有秋山，這真讓人悔恨，但是，的確，我覺得正岡君不會悔恨。」

一九一六年十一月十八日，有遠方朋友寄來斑鶇，請夏目品嘗。二十一日，漱石應邀出席一項婚宴，吃下不少素來偏愛的花生。不料，這些好意竟都成為夏目最後一次胃潰瘍發作的元兇，並成為死亡的導火線。當然，促使夏目胃潰瘍迅速發病的根本原因，不在斑鶇和花生，而是過度勞累的寫作和生活中存在的種種不快樂交相影響。

二十一日晚上，從宴會場回到家中，夏目感覺胃部不適，次日清晨，病情更加惡化，灌腸之後仍不見好轉，無法照常寫作，隨之趴倒在書房地毯上。鏡子發現後，鋪床讓他躺下；當夜嘔吐不止，胃部又疼。二十三日下午持續嘔吐兩次，夾有血絲，不能飲食。從這一天到二十七日，夏目一直昏沉無語地躺在床上不動。

二十八日白天，心情略有好轉，吃了一些流食。晚上十一點半鐘左右，突然從床上坐起，拚命抓著頭呻吟道：「我腦袋怎麼了？澆水，澆水！」鏡子扶他躺下，馬上又不省人事了。鏡子驚慌失措，忙叫女傭，喚來護士，用身邊水壺裡的溫水給他澆頭，好不容易才使他恢復意識。這時，主治醫生趕來，緊急注射樟腦液等藥劑；診斷結果為內部大出血。

儘管如此，夏目尚未意識到死亡即將來臨，躺在床上還在思索小說《明暗》的事，他差遣僕人把住在附近的朝日新聞社工作人員找來，告訴對方，報紙稿件尚有二十天左右的存量，為防萬一，請他們把他因病臥床的情形通知報社。

十二月一日病況尚好，夏目嚥下少量流食，但便中充血，二日下午三點半左右，因排便過於用力，引起第二次大量內出血，再一次陷入不省人事的彌留狀態。雖經緊急搶救，意識短暫恢復，但已形成致命危機。以後數天，醫生設法療治，仍然無濟於事。七日，夏目心力衰竭，脈搏細微。八日晚間，醫生黯然發布危急通知。

十二月九日中午，夏目病情急轉惡化，瀕臨死亡邊緣，鏡子要求醫生停止注射藥劑，讓病人安詳離去。然而，有人堅持主張全力搶救，繼續注射藥物。在最後一場注射與死亡的搏鬥中，夏目感到異常痛苦，頻催醫生往他胸部澆水，過不久，知覺盡失，猝然溘逝。時間是午後六時四十五分，得年四十九歲。

夏目漱石去世，攝影師為他拍攝遺照，畫家為他繪製遺像，雕塑家為他形塑銅像；經鏡子同意，翌日，於東大醫科大學病理學教室，由長与又郎執刀為夏目遺體進行解剖。十二月十二日，夏目的葬儀大典在青山齋場肅穆舉行，遺體運往落台火葬場，二十八日舉行埋骨式，遺骨埋葬在東京南池袋，女兒雛子墓的旁邊，戒名「文獻院古道

1912年，夏目在漱石山房休養

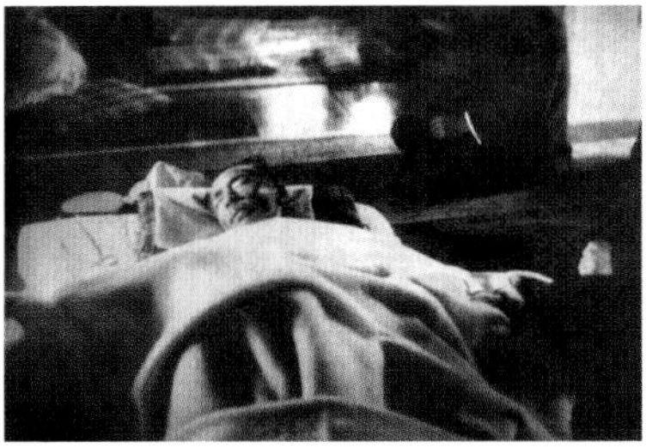

躺臥病榻的夏目漱石，已呈彌留狀態

漱石居士」。

門生之一，小說家芥川龍之介於夏目出殯當日，擔任葬儀接待人員，並於同年十二月寫下一篇〈葬儀記〉，描述夏目葬禮過程暨悲悼之情。

夏目漱石死後，腦和胃捐贈給東京帝國大學醫學部做研究；腦，至今仍完好保存在醫學院。

一代文豪終焉去世，讀他著作的《哥兒》、《三四郎》甚或《我是貓》，竟想起他在熊本高中教書時代的得意門生，畢生致力於物理學研究的寺田寅彥在追懷文所言：「我從先生那裡得到許多的教誨，不光學到了創作俳句的技巧，還懂得靠自己的眼睛去發現自然美的真諦，同樣，也學會了辨識人們內心的真偽，從而熱愛純真、憎恨虛偽。」

又說：「如若允許我心底那位極端的利己主義者發言，那麼他一定會說，對於我，先生的俳句寫得好還是壞？英國文學精不精通？都是無關緊要的，甚至先生要不要成為大文豪也是不足掛齒的，我倒是

夏目的墓地在東京南池袋雜司ヶ谷靈園

希望先生永遠當個無名的學校教師。我總感到，如果先生不是位名聲遠播的大文學家，那麼，或許可以活得久些！」

「每逢遇到種種不幸而心情煩悶時，跟先生見面交談，心中的壓抑就會不知不覺消逝；每逢不平和煩惱憂鬱纏繞心脾時，只要先生在我身旁，心中就會雨霽雲散，以嶄新的心境全力投入自己的工作。對於我，先生存在的本身便是一種精神食糧和一味良藥。這一不可思議的影響是從先生身上哪一處湧流出來的呢？」夏目生前最親近的學生寺田寅彥如是說道。

日幣一千円面額的夏目漱石圖像

第六帖——

憨直忠厚的江戶青年《哥兒》

揭露教育界黑暗面，讓人拍案叫絕的滑稽小說

日本文學百年名選榜首的《坊っちゃん》

一九〇六年三月，夏目漱石的中篇小說《坊っちゃん》（台灣譯為《哥兒》，又有譯成《少爺》）在《杜鵑》雜誌發表，引起相當大的迴響。

《哥兒》敘述一位個性憨厚、單純，富於正義感的江戶青年「哥兒」，用雙親留下來的遺產讀完物理學校，在校長引薦下，前往四國愛媛縣松山市一所初級中學擔任數學教師。

到任之後，發現自己來到一所不好惹的學校；綽號「果子狸」的校長、喜歡穿「紅襯衫」的教務長、教務長的跟班美術老師「小丑」、宛如「晚生南瓜」的英語老師、「豪豬」數學老師，這些人虎視眈眈的在新學期到來時，以「黑暗現象」的心情和行動，等候來自江戶的「哥兒」前來報到；「哥兒」這個渾名即是這群老師刻意為他取的。所有老師中，就數大光頭的「豪豬」老師跟他比較投緣，相處得宜。

小說描述哥兒在這所充滿「當權者及其追隨者醜惡嘴臉」的學校，四處碰壁、飽受委屈的遭遇。例如，值夜班時，學生躡手躡腳潛伏進入，在哥兒的蚊帳扔進蚱蜢，然後拔腿就跑的怪異行為等。小說語言靈活幽默，描寫手法誇張滑稽，人物個性鮮明突出，喜劇式的主角哥兒的率直、純樸和莽撞，在在反映出庶民式的俠義心。

哥兒初到這間學校，對一切都感到格格不入；原來，哥兒從小就是一個性格直率甚至有些魯莽的人。讀小學時，有一天，他沒頭沒腦的從新建完成的校舍二樓探出頭來，有位同學開玩笑地起鬨喊道：「你跋扈什麼，諒你一定不敢從上面跳下去，膽小鬼！」誰怕誰！哥兒真的就跳下去給對方看，結果挫傷腰骨，在家裡癱瘓了一星期，使得照顧他的阿清婆婆擔心了好一陣。

還有，一個親戚送給他一把西洋小刀，他把雪亮的刀刃放在太陽下晃來晃去，有個人說：「刀子亮是亮，可惜就是切不了東西。」他竟拍胸脯保證說：「怎麼不能，不管什麼，我都可以切給你看。」那人竟說：「既然這樣，就拿你的手指頭試試吧！」「那好辦，一個指頭算得了什麼。」他對準右手大拇指的指甲，二話不說就真的斜著切了下去。幸好，刀子小，拇指的骨頭硬，所以直到今天，他的指頭還連在手掌上，不過卻留下一塊到死也不會消失的傷疤。

哥兒的生活信念是：「為人要是不像竹竿那樣挺得筆直，是靠不住的。」

由於作者夏目漱石是以「我」為第一人稱寫成本書，所以更加平易近人，十分好讀。屬於清爽、明朗、輕鬆的作品。主角哥兒被塑造成一個「行動正義派」的江戶男兒，具有同情心；所以，當有朝一日成為鄉下教師後，他強烈感受到自己的率直與豪爽，在現實社會根本行不通。加上作者在文字中渲染：教師之間的權謀、因循苟且和盲從，學生的膚淺和無恥，鄉下人的無知與狡猾等，都在書裡以類型化、諷刺性的方式，被生動的彰顯出來。

哥兒喜歡痛快淋漓的斥責「壞人」，他憎惡教務長「紅襯衫」和美術教師「小丑」暗中搞陰謀詭計的「敗類」。不過，基於為人過於單純，人性歷練缺乏經驗，所以容易在別人設下的圈套裡分不清是非曲直，更無法辨明誰是好人誰又是壞人，故而時常受騙上當。

例如，「紅襯衫」和數學教師「豪豬」兩個人勢不兩立；「紅襯衫」明明壞事做盡，卻善於用花言巧語掩飾；「豪豬」儘管滿腔赤悅，可是不肯主動出來為哥兒辯解。在這種情況下，哥兒就不知道誰是誰非了，正如他自己所言：「像我這樣單純的人倘若不替我明白指出誰是誰非？誰黑誰白？我就不知道該幫哪一個的好。」不僅如此，

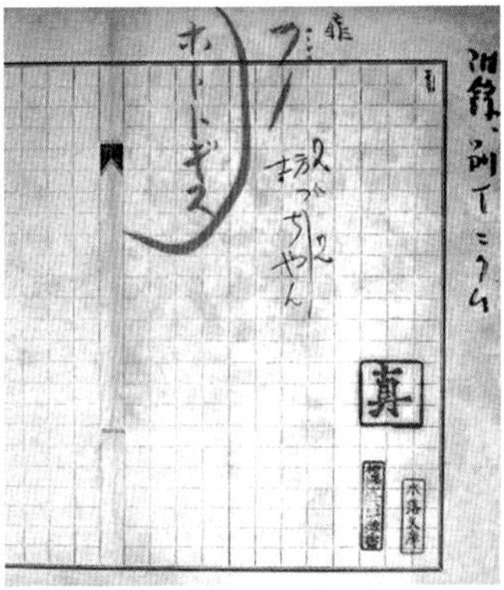

夏目漱石的《哥兒》原稿

他的鬥爭方式簡單到無法真正解決問題。他承認「紅襯衫」有勢力，又有計謀，自己不能以智取勝，只好動用武力。

如果說，夏目漱石的作品《我是貓》是對明治時期社會百態的揭露，那麼，《哥兒》則是一部專事揭露學校教育問題的作品。

校長「果子狸」是個偽善者，他以模範教育家自居，偽裝出「倘若教育活了起來，穿上了禮服，應該就是我」的神聖模樣。哥兒一到學校就任，他便提出老師要做學生的模範，非成為全校的師表不可，學問以外，若不以身作則、以德化人，就不能扮演好教育者等一些無理、虛假又好笑的要求，致使憨直的哥兒一時不明所以，很想立刻辭職逃開。

偽善的校長又笑著說道：「剛才說的不過是希望罷了，我很瞭解，你做不到這程度，放心好了。」在他的「領導」下，教師之間表面上客客氣氣、彬彬有禮，新教師到校上任，要舉行一番非常可笑的見面儀式：在全體教師面前出示委任書，一一行見面禮；對方也要起身鞠躬，有的還刻意接過委任書看了看，再恭恭敬敬地奉還，「簡直像演戲敬神一般。」哥兒說。

實際上，這些人之間總是勾心鬥角，矛盾重重。教務長「紅襯衫」在校長的縱容和美術教師「小丑」的支持下，張牙舞爪為所欲為，這個人滿嘴仁義道德，在會議上信口開河大談「中學教師是社會上流階級，所以不可單求物質上的快樂。因為耽溺在這一方面，品性上就會立刻受到壞的影響。」表面一回事，私下卻專做一些見不得人的壞勾當。

小說的結局，哥兒和「豪豬」兩人「替天行道」，抓住「紅襯衫」和「小丑」嫖妓的實證，狠狠痛揍了兩個壞蛋一頓，並且在氣勢上壓倒對方，迫使對方連報告員警的勇氣也沒有。然而，他們的勝利也只是暫時的，因為「紅襯衫」和「小丑」雖然遭到痛毆，卻仍然盤踞地盤，哥兒和「豪豬」固然出了一口悶氣，終究不得不退出這塊是非地。「豪豬」先是被迫提出辭呈，哥兒也在事後「主動」辭職，離開松山回到東京，隨後在街道電車擔任技師，跟阿清婆婆過著清苦的日子。

《哥兒》一書，夏目漱石用正面的角度，充分傾吐對教育界的感受，自始至終都是認真的，就因為過於認真，以致使整本書顯得滑稽、好讀好看起來。

截至今日，這本書在日本仍然暢銷熱賣，名列「日本文學百年名選榜首的著作」，台灣的中文譯本一樣長銷，不少讀者對夏目漱石的印象大都來自這本讓人拍案叫絕的書，以及那個被戲稱「坊っちゃん」（少爺）的江戶好男兒「哥兒」。

原著改編的電影和電視劇

「哥兒」原是小說中男主角被學校老師惡意喊叫的「渾名」，嘲諷來自江戶的大少爺。

夏目漱石藉由單純又富正義感的哥兒的言行，嘲弄和諷刺醜陋的人性，以及呈現狡猾小人以跋扈之姿充斥社會的現象。作者在文字裡表達最清楚的宗旨是：「人最重要的是誠實、率直和純樸。」然而，在現實社會中，像哥兒這種個性的人，恐怕不易生存，也許就因為少見這種有勇氣的青年，所以哥兒所象徵的「有氣質的江戶男兒」就更加凸顯其行為模式的可貴性。

夏目漱石一方面以自我本位為目標，卻不忘「對自己誠實」、「對社會誠實」；另方面，他運用情節故事，闡述作為調和的生活者，必須與社會共同生存，因此特別強調「將道義作為人生第一要義」。這種信念正是夏目的行事風格，以及他受到世人喝采與讚許的地方。

他透過《哥兒》的滑稽內容，以喜劇筆法，將這個率直到老想揭穿教育界層層黑幕的熱血青年的「豪傑」行徑，描寫到讓讀者願意替他的義行擔憂、為他的善良擊掌的地步；這種寫實性的描述手法，實不愧為當代傑出的典型日本小說。

《坊つちゃん》自一九三五年首次由山本嘉次郎監督，改編自夏目的原著，拍成電影，直到一九七七年為止，前後共拍攝過六回，每次出品，觀眾都會被劇情中的哥兒誇張式的演技，感動到熱淚盈眶；小說是有趣的文藝作品，電影則又是生動的映像作品，《哥兒》使人懷念的，不是笑過就算了的感動。

《哥兒》改編拍成的電影

一九三五年／演員：宇留木浩、夏目初子、英百合子、丸山定夫、森野鍛冶哉、東屋三郎、藤原釜足、德川夢聲。

一九五三年／演員：池部良、岡田茉莉子、浦邊粂子、小澤榮、森繁久彌、多々良純、瀬良明、小堀誠。

一九五八年／演員：南原伸二、有馬稻子、英百合子、伊藤雄之助、トニー谷、三井弘次、大泉滉、伴淳三郎。

一九六六年／演員：坂本九、加賀まりこ、三波伸介、牟田悌三、藤村有弘、大村崑、古賀政男、三木のり平、櫻むつ子。

一九七七年／演員：中村雅俊、松坂慶子、荒木道子、地井武男、米倉齊加年、湯原昌幸、岡本信人、大瀧秀治、五十嵐めぐみ、宇都宮雅代、今福將雄。

《哥兒》改編拍成的電視劇

一九五七年NTV電視／演員：宍戶錠、十朱久雄、西川敬三郎等。

一九六〇年朝日電視／演員：高島忠夫、安西鄉子、田島義文等。

一九六五年富士電視／演員：市川染五郎、加藤武、北村和夫、三島雅夫等。

一九六六年NHK／演員：津川雅彥、入江若葉、佐藤慶、谷啟等。

一九六八年MBS電視／演員：石田太郎、名古屋章、三井美奈、仲谷昇等。

一九七〇年朝日電視／演員：加藤茶、松原智恵子、荒井注、仲本工事等。

一九七〇年日本テレビ電視／演員：竹脇無我、山本陽子、田村高廣、松村達雄等。

一九七五年NHK／演員：柴俊夫、西田敏行、河原崎長一郎、三國一朗等。

一九八七年日本テレビ電視／演員：渡邊徹、伊藤麻衣子、石丸謙二郎、工藤靜香等。

一九九四年NHK／演員：本木雅弘、千堂あきほ、加藤治子、江守徹等。

一九九六年TBS／演員：鄉ひろみ、清水美砂、金田明夫、嶋大輔、仲間由紀惠等。

一座充滿文學氣息的城市

位於日本四國愛媛縣中部的松山市，面對瀨戶內海的伊予灘，是四國最大城市，面積四百二十八點八八平方公里，人口五十餘萬。松山市沿海一帶興建有大型現代化工業基地，以石油、化工、農機和食品工業為主。

松山市海、陸、空交通發達，與高松市合稱四國大門，也稱為四國西大門，市區古蹟、景點繁多，街市中心矗立著象徵這座城市的松

松山城東道路旁的子規句碑

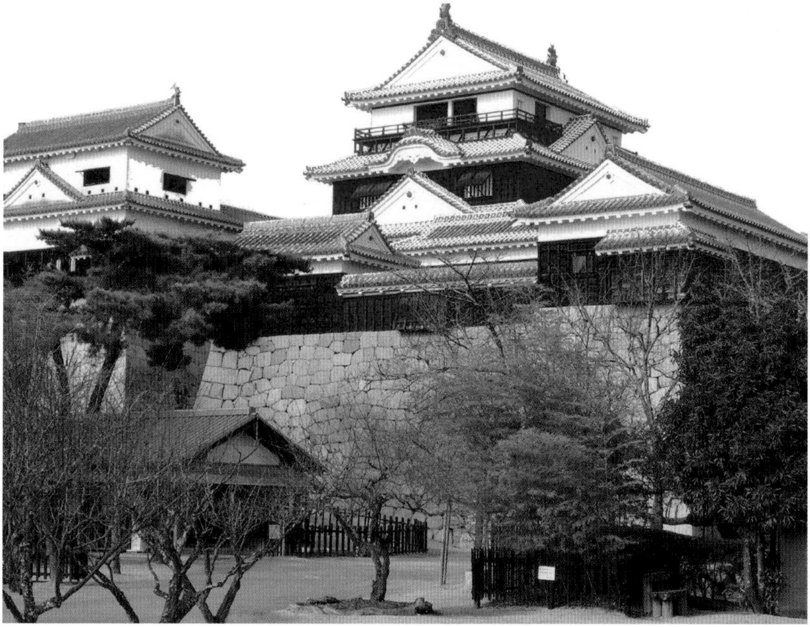

四國松山市

地景位置：四國愛媛縣中部松山市。

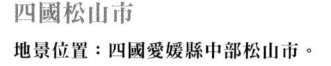

山城、被列為日本三大古湯的道後溫泉、明治時代著名俳人正岡子規紀念館、司馬遼太郎的著作《坂の上の雲》紀念館、道後溫泉車站、站外夏目漱石的「少爺列車」和「少爺時鐘塔」、夏目漱石與正岡子規居住過的萬翠莊和愚陀佛庵，還有「日本騎兵之父」的陸軍名將秋山好古、「日俄戰爭最大參謀功臣」秋山真之兩兄弟的遺跡等，是近年來，以文學旅遊為特色的城市。

可以這樣說，整個松山市因夏目漱石拿松山中學為背景寫作出版的《哥兒》一書名聞遐邇，以及一八九五年他來到松山中學擔任英語教師所留下的足跡；甚至出生愛媛縣松山市花園町的俳句名人，同時也是日本野球發起人正岡子規，在故鄉提倡俳句運動和文學創作。是這兩位明治時代的大文豪，為松山市營造出充滿暖暖氣息的文學氣氛。

到松山來，感受到別有一番鄉野城鎮的特殊風貌；搭乘少爺電車或者到道後溫泉泡湯，一路所見，夏目漱石創造的「哥兒」影像、宮崎駿《神隱少女》的油屋，紛紛出來親切招手，使人好似走進小說和動畫不可思議的神祕領域。松山，一個粗獷且溫暖的城市。

車廂像火柴盒一般的少爺列車

一八九五年四月，辭掉高等師範教職，遠赴愛媛縣松山中學校任教英語的夏目漱石，透過「哥兒」，敘述搭乘火車，輾轉去到愛媛縣松山市的心情，他寫道：

我和阿清婆婆一起坐車來到火車站，她送我到月台，我走進車廂，她凝望著我的面孔低聲說：「說不定這次分別就再也見不到了，你要保重！」說著，她的眼裡噙滿了淚水。我沒有哭，不過差一點就要哭了。火車開動好一會了，我想大概不要緊了。就從車廂探頭向後一望，沒想到阿清依然站在那兒，不知怎的，她的身影顯得非常瘦小。

哥兒隨後又改搭輪船抵達四國，莫名其妙被帶到一家名叫港屋的旅館，「從這裡到中學，坐火車還得走上二里左右。」旅館的人神情顯得很怪異，是騙人的吧！

我很快找到了車站，買好了車票，上車一看，車廂像火柴盒一般。搖晃了五分鐘光景，又該下車了。怪不得車票這麼便宜，只花了

明治時代的道後

夏目就任松山中學途中住宿過的旅館，後來也成為觀光景點

三分錢。我僱了車，到達中學。

現今，位於愛媛縣松山市道後町一丁目的道後溫泉車站，據稱，即是當年夏目漱石初到松山中學校報到時，第一次出現在松山的袖珍型火車站，也是哥兒搭乘「車廂像火柴盒一般」抵達松山的車站。

一八九五年開業的道後溫泉車站，屬於伊予鐵道城南線的車站，

道後溫泉車站

地景位置：松山市道後町一丁目。

也是坊っちゃん（少爺）列車的終點站。車站前展示有「車廂像火柴盒一般」的少爺列車供遊客參觀；臨近車站不遠處，還立有一座少爺時鐘塔，時鐘塔裡，把《哥兒》一書中的主要人物，以塑像方式一一陳列其間，成為站前重要觀光景致。

還有，站前商店街到處可見販賣三色小丸子，這是哥兒在松山中學校任教時，最愛的零食。

妓院的糰子，好吃好吃

到松山市旅遊，不少人喜歡搭乘經典的「少爺列車」慢行遊街，往來松山市與道後溫泉之間，這條古老鐵道的小火車，在小說中被哥兒形容成火柴盒，是日本最古老的蒸汽火車之一；早在一八八八年，小火車已經開始在松山市街行駛，直到一九五五年，日本鐵道全面電氣化後遭淘汰。消失超過半世紀的小火車，於二〇〇〇年重新在松山市復活登場，成為市區亮眼的景點，全新的少爺列車不再使用蒸汽推動，但外貌依舊保持當年模樣，就連工作人員的制服也跟當年的款式相同。

搭乘少爺小火車，到道後溫泉旅館泡湯、吃三色小丸子，是到松山旅遊的最大樂趣。

《哥兒》一書中的主角哥兒，幾乎每日都會到道後溫泉泡湯，泡湯之後，必吃當地名物麻糬糰子，他曾一口氣吃掉兩大盤，可真厲害。夏目漱石在書中描寫道：

第四天晚上，我到一個叫做住田的地方吃了糰子。住田是有溫泉的小鎮，從城裡坐小火車要十分鐘，若是步行則需三十分鐘。這地方有飯店，有溫泉旅館，有公園，還有妓院。我去的這家糰子店坐落在妓院的大門口，聽說很不錯，洗完溫泉後，順便去嘗了嘗。這次沒有

行駛在市區的少爺列車

松山銘菓「少爺糰子」，綠色為抹茶口味、黃色為雞蛋口味、赤色為紅豆口味

遇到學生，想來不會有人知道了。第二天到學校，上第一堂課時，看見黑板上寫著：「兩盤糰子七分錢。」的確，我是吃了兩盤付了七分錢。愛管閒事的傢伙！我想，第二堂課肯定還會有更精采的，一看，果然寫著：「妓院的糰子，好吃好吃。」都不是好東西！

如今，在道後溫泉街上的巴堂本舖可以吃到這種糰子。以糯米製成的糰子，每串由紅、黃、綠三色組成，口味分別是紅豆、雞蛋及抹

少爺列車、少爺鐘和少爺丸子

地景位置：松山市道後町一丁目。

茶，因為哥兒喜歡吃，後人便為這種糰子取名叫「少爺丸子」。這種丸子已然成為道後溫泉區的主要名物。

道後溫泉車站前的放生園有一座「少爺鐘」的高塔，巨型機械鐘每天固定從午前八時到午後九時，每一整點都會發出悅耳的報時樂曲，時間一到，少爺鐘會瞬間變身，原本兩層高的大鐘緩緩升高，變成四層，每一層裡面，都會出現小說中的人物，拉人力車的、泡溫泉的、哥兒、果子狸、紅襯衫、豪豬、晚生南瓜等紛至沓來，即使未讀過小說的人，一樣能從中得到觀賞的樂趣；「少爺鐘」旁還有一口免費的足湯，讓遊客邊泡腳邊欣賞這一座從小說中跑出許多主角的奇妙之鐘。

日本著名的三大古湯

《哥兒》書中的主角哥兒喜歡到位於「住田」的道後溫泉泡湯，事實上，這是喜歡泡溫泉的夏目漱石的心理投射；據稱，後來的「道後溫泉」因《哥兒》一書而更加有名起來。

愛媛縣松山市的道後溫泉與兵庫縣的有馬溫泉、和歌山的白浜溫泉，並稱日本三大古湯；道後溫泉建於一八九四年，也即夏目漱石到松山中學校教書的前一年。溫泉館為一座三層高的木構建築，至今仍保存一百多年前的模樣，是日本第一座被列為國家重要文化財產的公共浴場。

澡堂分別有神の湯和靈の湯，溫泉館布置古雅，大浴池中央均有不同造型的出水口，牆上為白底藍花的瓷磚壁畫，不免令人想起，觸發宮崎駿的靈感，創作出《神隱少女》中的油屋，眾神泡湯的情景。

松山道後溫泉

地景位置：搭乘松山市內電車到道後溫泉站，步行可達。

有稱，宮崎駿的長篇卡通《神隱少女》的創意，部分來自道後溫泉的建築模樣。

文豪夏目漱石曾在道後溫泉下榻過的二樓房間，被設計為紀念館，叫「坊つちゃん間」，裡面擺設有夏目半身雕像、照片等，供遊客參觀；溫泉館東側的又新殿，是專供天皇泡湯的地方，浴池為精緻的石雕，休息室內的牆壁，貼滿金色壁紙，彰顯王者氣派。

關於哥兒常到道後溫泉泡澡，夏目在《哥兒》書中如是寫道：

糰子的事結束之後，誰知紅毛巾事件又鬧騰開了。是怎麼回事呢？說起來也真無聊。我到這裡以後，每天總要去一趟住田的溫泉。在我看來，別的東西都遠不及東京，唯有溫泉甚好。我想，好不容易到了這地方，多洗洗溫泉澡吧！於是每天晚飯前，做為運動常到那兒去。我每次去時，總是拎著西式大毛巾，這毛巾經溫泉水一泡，原來的紅色條紋暈染開來，看上去有些發紅。我來來回回或坐車，或步

道後溫泉更衣間

位於道後溫泉二樓的「夏目漱石の部屋」（即「哥兒間」）

行，總是拎著那毛巾。因此，學生們便叫我「紅毛巾，紅毛巾」。住在這種小地方，反正得受氣。

連哥兒想放輕鬆泡個溫泉，也不能稱心。

有一天，我從三樓與高采烈地走下來，心想今天不知能不能游得成。我打門口向裡一瞅，大木牌上貼著一張字條，上面赫然寫著：「浴池內不得游泳。」在浴池裡游泳的人並不多，這字條是新貼上的，肯定是衝著我來的。我從此打消了游泳的念頭。游泳算是不行了，到學校一看，又跟從前一樣，黑板上寫著：「浴池內不得游泳。」這使我大吃一驚。看來學生們都在監視我的行動。我有些悶悶不樂。本來自己想做的事，經學生一說就不做了，我不是這種人。但是，我為什麼要跑到這種一轉身就碰鼻子的狹小天地裡來呢？每想起這一點就傷心。況且一回到寓所，又要受到古董販子的折磨。

愛媛縣松山市的道後溫泉，不僅是日本的著名古湯，還深得天皇、首相和大文豪的喜愛，就連來自江戶的哥兒都喜歡到此一遊。源泉溫度約在四十二到五十一度之間，具有療治神經痛、胃腸病、皮膚病、痛風、貧血等效能的道後溫泉，果然盛名遠播。

夏目漱石任教英語的中學

夏目漱石在《哥兒》一書中寫道：

畢業後第八天，校長派人來叫我，我想大概有要緊的事。到那裡一看，原來四國地方的一所中學需要數學教師，月薪四十元。他找我商量，問我願意不願意去。我雖然研習了三年，但說實在的，既不想當教師，也不想到鄉下去。當然，除了教師，也未曾想過要做別的事情。聽校長一說，我就當場應承下來。這也是父母親遺傳的魯莽性子在作怪。

小說中的哥兒「既不想當教師，也不想到鄉下去」。跟真實生活中，夏目辭去高等師範學校的教職，隻身轉往松山中學任教英語，在室內光琳寺町賃屋而居的事實不謀而合；夏目藉由哥兒的心情呈現自己不想當教師的心聲，但為了賺取比高等師範學校更多的薪資，最後仍不得不選擇從遙遠的東京去到偏遠地區的松山市，進入松山中學擔任英語教師。

松山中學於一八二八年二月三日創立「藩校明教館」，一八七八年六月十五日改制為「愛媛縣松山中學」，百年多以來，這所學校幾經改制，稱謂不少：興德館、修來館、松山縣學校、英學舍、英學所、愛媛縣北豫變則中學校、愛媛縣松山中學校、愛媛縣立松山東高

明治時代的松山中學

松山中學校

地景位置：松山市持田町二丁目。搭乘電車到勝山町站，徒步 9 分鐘可達。

校等。

曾經就讀該校的名人包括：有「日本騎兵之父」之稱的陸軍名將，退役後擔任北豫中學校長的秋山好古、日俄戰爭連合艦隊首任參謀秋山真之、俳人高浜虛子、俳人正岡子規、諾貝爾文學獎得主大江健三郎等都出身該校。

在松山中學執教一年，讓日後如願成為文學家的夏目漱石，獲取寫作《哥兒》的靈感，如今，這所學校已成為松山市重要的文學景點之一。

當前，松山東高校的校園中庭立有兩塊「子規與漱石の句碑」，是子規自愚陀佛庵療養後回東京前，兩人相惜相送的俳句：

送別子規
御立ちやるか御立ちやれ新酒菊の花漱石
與漱石分別
行く我にとどまる汝に秋二つ　子規

萬翠莊裡的愚陀佛庵

松山市是著名俳人正岡子規的故鄉，一八九五年八月，他從戰場返國，知道夏目漱石從東京遠到松山中學任教英語，便走訪夏目位於離現今「子規紀念館」不遠處，松山藩前藩主的西式宅第「萬翠莊」後方的愚陀佛庵住所，暫居養病；他住一樓，夏目住二樓，休養期間，他時常召集住在松山市的俳句門徒，辦起俳句會，夏目順勢加入

要進到「愚陀佛庵」，需先經過萬翠莊大門

俳句寫作會。一起在愚陀佛庵生活的五十二天，經常談文論藝，情誼更加深厚，為當時的松山文壇帶來不少火花。

正岡子規和夏目漱石是相互敬重的親密朋友，夏目常笑稱：「子規這人是個凡事認為自己高明的狂妄之徒呀！」話似含嘲諷，卻讓人從中體察到他們互敬互諒的諍友情誼。

夏目漱石和正岡子規當年起居生活的愚陀佛庵，二次世界大戰期間不幸遭焚燬，一九八二年重新改建，二〇一〇年七月，不幸又遭豪雨土石流損毀，如今，讀者僅能從舊相片中懷想兩位大文豪，當年大力鼓吹革新俳句寫作，詩興大發的意氣風貌。

夏目在松山的住所

地景位置：松山市一番町三丁目。從 JR 松山站搭伊予鐵道道後溫泉行，大街道下車，徒步 5 分鐘。

正岡子規病床六尺

距離道後溫泉車站，徒步約五分鐘路程，位於松山市末廣町正宗禪寺的「子規堂」，是為了紀念出生松山市，日本首位硬式野球導入者，俳人正岡子規而建，一九四八年被愛媛縣廳列為指定史跡。

正岡子規曾以俳句吟詠故鄉松山：「松山や秋より高き天主閣」，以及坐落在松山車站前，子規歸鄉時所吟句子的石碑「春や昔十五万石の城下哉」，詩文頌揚松山與春天，意境可深邃呀！

二十世紀初期，松山市孕育了三位日本文學史上享有盛名的文豪。

第一位是一八六七年出生松山市，被譽為日本俳句之父的正岡子規，子規曾於一八八八年許，進入東京大學預備學校求學，因而結識同校的夏目漱石，兩人以文會友，十分投緣，進而成為莫逆之交；子規英語不好，加上全心專注於俳句寫作，課業成績未達標準，遭退學返回松山，其間仍不時往返東京，致力推展新式俳句。

子規一生的收入，僅只擔任《新聞日本》特派員期間，報社給付每個月三十元的低廉薪水，可他在報紙所寫的〈病床六尺〉專欄，反倒成為報紙暢銷的主因。

時當加入日本海軍，曾跟子規一起在東京大學預備學校求學的孩

正宗禪寺內的子規堂

地景位置：松山市末廣町十六之三正宗禪寺內。伊予鐵道松山市站，徒步5分鐘。

提好友秋山真之就說：「我喜歡〈病床六尺〉裡面的一句話：花草一枝／置於枕邊。」還說：「將其忠實寫生的話，造化的祕密，似乎逐漸變得可以理解了。」那時，子規已經感染肺結核病，大半時間都躺臥床鋪寫作，病痛時常嚷著：快點讓我死去。「我今日之生命便是在這病床六尺，每天早上醒來，都是想死了一般的痛苦，在這樣的日子裡，翻開報紙看到〈病床六尺〉才清醒了一些，可以說，多虧了《新聞日本》我才得以活下去。」子規說。

一九〇二年，子規因肺結核病末期，嚴重發作身故，年僅三十四歲。臨死前數日，夏目漱石正欲結束英國留學返回日本。子規對特地前往造訪的秋山真之說：「今天早上腦子特別清楚，這是從生病以來都沒有過的現象，絲瓜葉，秋風拂，翩翩翻動，秋風的涼意沁入肌膚，這一點一滴我都想寫成俳句，雖是漫無邊際的日常瑣事，在那裡面，我覺得包含了一些十分重要的東西，似乎對我來說，這世界深不可測啊！」

子規還鄭重其事的對因為參與日俄戰爭，興起出家當僧侶念頭的秋山真之說：「你可是背負著小人物無法承受的課題，堅強地活著啊！要是終究沒有結論的話，你也是死不瞑目啊！活著，活著，你給我活著！」然後又對自己說：「我不死，再疼，再痛，就算疼到草蓆上打滾，我也要創作俳句，還會有好的句子，不停地浮現出來的。」

就在秋山真之出差到橫須賀的九月十七日，子規病情加重，自知來日不多，把弟子高浜虛子叫到病榻前，忍痛寫下：「絲瓜花開／痰阻咽喉／將成佛乎／痰一斗／絲瓜水／不及也／前日之／絲瓜露／亦不曾飲。」是夜驟逝。高浜虛子難過得對著明月寫下：「子規逝也／十七日之／明月裡。」

正岡子規生前住在東京上根岸，「子規庵」四周都是小巷子，房子又小，子規病重時自覺將來參加殯儀的人最多就二十人到三十人，但出殯日在報紙的訃告欄上得知消息的人們，卻聚集了一百五十人以上；凡事喜歡指揮別人的子規對於自己的喪禮早就留下了指示：「喪禮無需公告，家裡房子小，外面街道窄，人來多了，棺木都抬不過去；不用取法號，也無需在棺木前守靈，無需在棺木前裝哭流假眼

正岡子規過世前，在臥榻上寫下最後俳句：絲瓜花開……

淚，像平常那樣談笑就行。」

子規相信這個迎來開化期並逐漸上升的國家，十分樂觀的肯定她；他把自己的壯氣，搭載於這一時代氣氛之上，並與這個時代氣氛一起膨脹；對此，他一點都不感到奇怪，在他年輕的晚期裡，儘管預知自己的死期將至，在那段剩下的，為數不多的日子裡，他僅對自己所要做的工作量之大，表示痛苦和悲傷。這個男人的樂觀主義，從來都不覺得自己是不幸的，在明治這個樂觀主義的時代裡，最賦與這個資質的，就是正岡子規。

正岡子規生前對日本文學最大的貢獻，就是把舊日本詩的形式現代化，並極力引進俳句詩和短歌，是對俳句、短歌、新體詩、小說、評論、隨筆等有多方面創作的文學宗匠。

第二位出身松山市的文學家，是一八七四年出生松山市湊町的高浜虛子，虛子原名高浜清，曾追隨正岡子規學習俳句，「高浜虛子」是由子規為他所取的筆名；一八九七年參與柳原極堂在松山所創辦的俳句雜誌《杜鵑》，之後，虛子把該誌遷往東京，並轉型為綜合

正岡子規生前的書齋模樣

子規堂旁少爺列車內部模樣

俳句、和歌以及散文等的文藝雜誌，夏目漱石不少著名的作品，包括《哥兒》和《我是貓》均發表於該誌。一九〇二年子規去世後，虛子停止創作俳句，埋頭寫作小說。一九一〇年搬遷至神奈川縣鎌倉市居住，直到一九五九年以八十五歲高齡逝世。他的墓地在鎌倉市扇谷壽福寺。

第三位被列為松山文學三寶之一的，即是以松山市為背景，寫作

《哥兒》一書而名震全國的夏目漱石。

坐落在正宗禪寺內的「子規堂」，仿傚自正岡子規生前的舊居，堂內展示子規的親筆原稿、文學資料和遺墨、遺物，以及生前使用過的桌子和椅墊等；包括生前好友夏目漱石、內藤鳴雪等人諸多遺墨和遺物，十分珍貴。

院內不僅立有「子規埋髮塔」、子規立身銅雕像、夏目漱石半身雕像；子規堂前不遠處的廣場，還陳列有夏目漱石的小說《哥兒》一書中，哥兒講述的「車廂像火柴盒一般」的少爺列車。入堂費日幣五十円。

三個松山男人的山坡上的雲

《坂の上の雲》是日本文壇巨匠司馬遼太郎於一九六九到一九七二年之間，由《文藝春秋》以單行版全六卷出版的代表作之一；書中闡述明治時期出生松山市的三位知名人物：號稱「日本騎兵之父」的陸軍軍人秋山好古、在日俄戰爭中擔任聯合艦隊參謀的秋山真之，以及兩兄弟兒時的好友俳人正岡子規，於明治維新的歷史背景下，以奮發的學習精神，為增進國力而跟西方列強拚鬥，進而成為日本近代史上著名陸、海軍將領以及「俳聖」大文豪的時代故事。

「坂の上の雲」意為「山坡上的雲」，明示人生路即便困難重重，崎嶇難行，只要肯跨越困境，奮力向上攀走，便能迎向天際雲彩。這部轟動日本文壇的歷史小說，二〇〇二年經由NHK電視台改編，企劃製作拍攝成同名的電視劇，二〇〇九年開始播映，前後共計三年播畢。

電視劇開場白說道：「一個著實很小的國家，正迎著她的開化期。在四國的伊予松山有這樣三個男人：出生於這個古城下城區的秋山真之，日俄戰爭爆發時，面對傳說中不可能戰勝的波羅的海的海艦隊，他策劃並且實施了將其殲滅的戰役；而他的哥哥秋山好古，培養了日本的騎兵，打敗了被稱為史上最強騎兵的哥薩克師團，堪稱奇蹟；另外一人，則是引領被稱為俳句、短歌的，日本古老短詩形式走

坂の上の雲博物館

地景位置：松山市一番町三丁目二〇番地。搭伊予鐵道道後溫泉行，大街道下車，徒步 2 分鐘。

向新風潮，成為其中興之祖的俳人正岡子規。他們秉承著明治這一時代人物的特質，一心注視著前方，大步前進，登上山坡，遙望青天，宛若一朵白雲正在閃耀，便會一心專注於它，沿著山坡不斷向上攀登。」

由日本知名設計家安藤忠雄構圖設計，位於松山城下方的「坂の上の雲紀念館」，即是以上述三人的故事為主題建造的博物館，二〇〇七年開館；安藤氏運用獨特的建築思維，構成外觀兩個重疊的三角狀造型，地上建物四層、地下一層，融合了松山城周遭的歷史與文化，以及安藤氏慣有的清水模造，加上玻璃帷幕，引進松山城的綠意光芒，將山丘一抹雲彩與自然環境融為一體，讓遊客可以輕鬆自在的與大自然對話。

另則，紀念館的建築特色是各樓層以坡道銜接，讓觀賞者漫遊行進，一邊享受自然景觀，一邊參觀展覽。博物館除了展出「坂の上の雲」的相關展覽品之外，還定期推出各種展覽活動，包括「秋山好古主題展」、「坂の上の雲一千人的訊息展」、「子規和真之主題展」，以及以日俄戰爭期間，正岡子規擔任記者為主題的「新聞日本與子規」等，是個充滿時代感的展覽館。

參觀「子規和真之主題展」不禁想起在日俄戰爭中，以「本日天氣晴朗ナレドモ浪高シ」採取獨創戰略而贏得海戰的秋山真之，他曾說：「我要去當和尚，供養那些因為海戰死去的日本人和俄國人，我不想再看到人死去，我已經看過太多因戰爭死亡的人。」秋山真之如果不當軍人，會是一個跟正岡子規或夏目漱石一樣出色的文學家，這三個人同樣是東京大學預備學校的學生，同樣具有文學才情，秋山真

安藤忠雄設計的「坂の上の雲」紀念館內部走道

之的文章在當時應該也能成為此類典型，他的文章最精采的就是為海軍總司令東鄉平八郎起草所寫的〈聯合艦隊解散之辭〉。

這是何等奇特的因緣？東京和松山，夏目漱石和正岡子規、秋山真之、秋山好古、高浜虛子，組合了許多「三個人」的命運：東京大學預備學校的三個人、松山文學的三個人、坂上之雲的三個人。歷史和文學，顯得格外趣味。

「坂の上の雲」紀念館外的炮台

淨是石頭和松樹的岩礁小島

夏目漱石在《哥兒》一書第五章〈釣魚船上〉提到：某天，外號「紅襯衫」的教務長不知那根筋不對，竟然心血來潮的邀約哥兒一起去海上釣魚，還說美術教師「小丑」也會一起跟著去，哥兒覺得納悶，「為何約我這個不知趣的人呢？」結果他還是跟著去了，他們三人一起從道後車站乘車到高浜港，坐到一艘船上「海釣」。夏目寫道：

船夫緩緩地打著槳，技術熟練得驚人。海濱的景物顯得越來越小。高柏寺的五重塔矗立在樹林的上頭，像針一樣又尖又細。向前看，青島漂浮在水面。聽說這是個無人居住的海島。仔細一看，上面只有石頭和松樹。是啊，淨是石頭和松樹怎麼居住？紅襯衫不停地眺望著，說真是一幅好景色，小丑也說簡直是奇觀。奇觀不奇觀我不知道，但心情確乎舒暢。我想，在這廣闊的海面上，受到海風吹拂，對健康是有益的。我感到肚子特別餓。紅襯衫對小丑說：「你看那棵松樹，樹幹筆直，上頭像傘蓋一樣張開，像是透納（英國風景和水彩畫家）畫裡的景物。」小丑似乎心領神會，說：「確實像透納的畫，真是曲盡其妙，和透納毫無二致。」透納是什麼人，我不知道。不過不問清楚，對我也無礙，所以我沒有開口。

被叫「透納島」的四十四島

地景位置：JR 松山車站乘車到高浜港。

前往四十四島可從高浜港出發

後來，三個人在船上討論「那塊滿布岩石的地方，船能不能靠岸？」小丑卻多此一舉地說：「怎麼樣？教務主任，將這海島命名為透納島吧！」紅襯衫立表贊同。「這太有意思啦，咱們今後就這樣叫吧！」哥兒心裡卻想著：這個「咱們」裡頭要是把我也算進去，那就不好了。至於我，我只願叫它青島。

不論叫「青島」或叫「透納島」，真實的透納島叫「四十四島」，屬於瀨戶內海海域，一座位於高浜港和興居島之間，無人居住的岩礁小島，從道後、JR松山車站乘車到高浜港只需二十分鐘，即可從港灣見到《哥兒》小說中這一座只長著青松的無人小島。

瀨戶大橋開通之前，前往松山市大都從廣島搭乘高速船艇，抵高浜港轉車前往。瀨戶內海絕景迷人，就如紅襯衫所言：真是一幅好景色。

大宰權帥也不過流落到博多附近

《哥兒》一書第八章〈調職傳聞〉，紅襯衫神祕兮兮的跟哥兒說有人要被調職到「日向的延岡那個鬼地方。」還說：「延岡可以說是山區裡的山坳，山坳裡的山溝。下了船還要乘一天的馬車到宮崎，然後再從宮崎坐車一天才能抵達那裡。一聽名字，就不像個開化的地方，似乎那裡一半住著人，一半住著猴子。」

哥兒卻打抱不平的說：「人家既然要保持現狀，為什麼要強迫他調到延岡去呢？大宰權帥也不過流落到博多附近，河合又五郎也只在相良這地方避禍罷了。」

哥兒所指的「大宰權帥也不過流落到博多附近」，即是被平安初期的公卿藤原時平向天皇進讒言，被貶到現今福岡市太宰府天滿宮的菅原道真。

九州太宰府天滿宮

地景位置：福岡縣太宰府市宰府四丁目七番一號。搭西鐵太宰府線到太宰府車站，徒步 5 分鐘。

お手洗い

距離九州福岡市約四十分鐘車程的太宰府天滿宮，主要奉祀日本的學問之神菅原道真。

西元九〇一年的醍醐天皇時代，由於藤原時平進讒，右大臣菅原道真被貶至太宰府為役人，並於兩年後在此過世，為紀念道真，後人即在其墓地修建了現在的天滿宮，是日本全國一萬三千座天滿宮的總殿。

太宰府天滿宮構築華麗的正殿建於一五九一年，被列為重要文化財；寶物殿收藏有國寶「翰苑」及重要文化典籍，歷史館內記載菅原

太宰府天滿宮筆塚

道真公一生事蹟。

此外，本殿境內栽種約六千棵梅樹，素有「飛梅傳說」之喻；傳言，因仰慕菅原道真而一夜之間從京都飛來此地的「飛梅」神樹，每年一月下旬到四月上旬都會競相綻放美麗的白色梅花，是九州地區頗富盛名的賞梅景點；庭園內尚種植有一株千年樟木、六千株海樹以及三萬株菖蒲花，花海多姿，引人入勝；每年有近七百萬人前來賞花、參拜。參道兩旁的土產店販售的梅枝餅、梅茶深受遊客喜愛。

在熊本中學校任教的夏目漱石，常到九州旅行，太宰府天滿宮、阿蘇等，是他曾經造訪過的名勝古蹟。

第七帖——

跌進迷濛的《三四郎》池

兩人之間似戀非戀、似愛非愛，夢一般的感情

藉由愛情偷渡思想的《三四郎》

《三四郎》是夏目漱石的作品「愛情三部曲」之一，內容以東京大學的學生生活為主題的小說。

故事起源於日俄戰爭結束後，日本的統治者肆無忌憚地進行擴軍和備戰政策。對外以俄羅斯、美國和清朝為假想敵，大量增加陸軍師團和海軍艦艇，以期奪取滿洲地區；對內實行反動統治，緊迫鎮壓國內的工農鬥爭和取締社會主義運動。

一九〇七年十一月三日，署名「無政府黨暗殺主義者」在美國舊金山等地張貼和散發名為《暗殺主義》的傳單，寫道：「可憐的睦仁君（明治天皇）陛下，陛下，陛下之命危在旦夕。炸彈就在陛下周圍，正要爆炸，再見了，陛下。」不久後，政府藉口有人意圖製造炸彈暗殺天皇為由，在全國各地檢舉了數百名異議分子，並將其中二十六人以「大逆罪」名義起訴，於翌年一月判處社會主義先驅幸德秋水等二十四人死刑、兩人無期徒刑。這是震驚日本的「大逆事件」，如人形容：「草枯，風死，荒野滿目淒涼」，整個日本像嚴冬到來一般的淒厲。

這種日益惡化的政治局勢，對於夏目漱石的思想和創作產生極大影響，他開始把寫作主題轉向中下層知識分子，描繪他們淒慘際遇，抒發他們悲苦憤懣，剖析他們哀傷精神。自一九〇八年下半年開始，到一九一〇年上半年，他以青年和中年知識分子的戀愛為主題，發表並出版了三部長篇小說《三四郎》、《從此以後》和《門》，合稱「愛情三部曲」，藉由愛情偷渡思想。

夏目漱石在《三四郎》連載預告中如此寫道：「三四郎從農村高中畢業進入東京大學，呼吸到新的空氣，接觸到同輩、前輩以及年輕女性，思想因而產生種種變化。我的工作僅僅是把這些人物置於這種空氣之中。我打算此後讓他們隨意游泳，自然而然地產生波瀾。」

他在這部小說中成功的描繪了三四郎、廣田君、野野宮、与次郎、美爾子等栩栩如生的形象，真實而生動的重現明治年間，東京知識界的內在面貌。可以這樣說，夏目漱石正處於西洋事物和學術蜂擁而至，東西文化交迭，新舊文明並存的劇烈變動過程的社會。

夏目漱石筆下的三四郎代表當代青年知識分子的思維，他被作者設定為福岡縣京都郡真崎村人，熊本高中畢業後，去到東京帝國大學文科就學。從高中進入大學，從鄉下到東京，對於這個二十三歲的青年來說，半年內的生活變動確實影響深遠。

其間，他結識不少新奇人物，看到不少新鮮事物，聽過不少新潮情事，也讀到許多過去未曾讀過的書，以及思慮許多關於自身前程的問題。這些屬於從前未曾見聞過的事，促使他的生活產生莫大變化。

《三四郎》一書不僅表現了明治末期知識分子的生活和思想，更不乏對現實社會的批判。尤其，當不少人正為日本在日俄戰爭中的勝利而陶醉時，小說中的廣田先生卻抱持不同看法。他認為「即使日本因打贏日俄戰爭而晉升為強國，也是無濟於事。」日本不少物質和精神文明跟不上時代。他甚至提出日本將會亡國的警語。從某種意識來說，廣田先生的話傳達了夏目漱石對於日本社會的落後現象和盲目歐化的不滿情緒。

這絕對不是一本探討思想的書，卻是一本跟思潮有關的小說，男主角小川三四郎和女主角里見美禰子的戀情構成了小說情節的主要核心。兩人的愛戀如月色一般朦朧，似是又非，要說是戀情也算，說

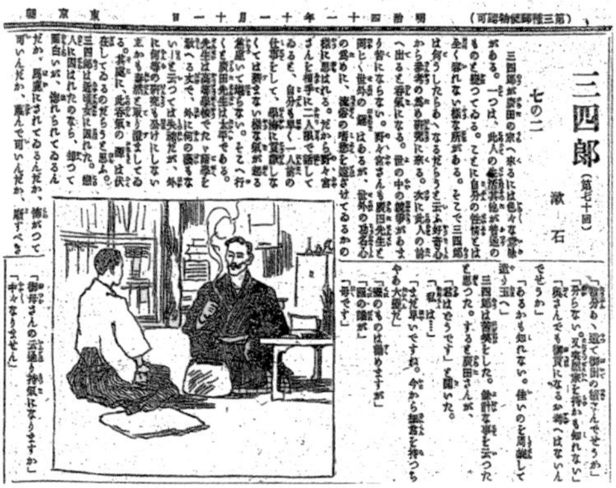
(可認物便郵種三第) 明治四十一年十一月一日 東京朝
三四郎（第七十回）
漱石
七の二
三四郎が廣田の家へ來るには色々な意味がある。一つは、此人の生活其他が普通のものと違つてゐる。ことに自分の性情とは全く容れない樣な所がある。そこで三四郎は何うしたらあゝなるだらうと云ふ好奇心から參考の爲め研究に來る。

發表於東京朝日新聞的〈三四郎〉

不是戀情也可以。來自鄉下的三四郎生性單純、樸實，美禰子則顯得聰明、驕傲。兩人相處時，心情複雜微妙，十分曖昧。尤其美禰子對三四郎的態度，不時嘲弄，既想依靠，卻又推諉，令人摸不著頭腦；不易捉摸的美禰子，使三四郎感受到一種「無性格的性格」，就連作者也形容她是無意識的、任憑天性俘虜男人的「無意識的偽善者」。

作者描寫三四郎和美禰子之間似戀非戀、似愛非愛，夢一般的感情，雖如行雲流水般自然本能的發動，卻又在不知不覺之中分手了。這究竟是一種怎樣的情愫？作者又如何透過兩人的曖昧情誼，傳述明治末期的社會意識？

然而，擺在三四郎面前的，正是動盪時代所牽引，影響他思想生活的三個世界：第一，是故鄉平穩的世界；第二，是學者鑽研的世界；第三，是享樂華燈美酒的世界。

這些素材多半取自作者生活周遭的點滴。夏目漱石在熊本高中的學生寺田寅彥講過的光線壓力實驗裝置，在小說裡變成野野宮的工作；松根東洋城練習淨琉璃的故事，在小說裡從畫家原口嘴裡說了出來；小宮豐隆從故鄉寄給夏目的信，在小說裡成為三四郎母親來信的內容等。

書中廣田先生和身邊青年的關係，使人聯想到夏目漱石和他的弟子的關係。他甚至以近乎對父親、對異性的愛，懷著由衷的感情把這些情愫全寫進小說裡。

單純與驕傲的男女——原著改編作品

一九〇八年開始，每年寫作出版一冊的《三四郎》、《從此以後》和《門》，是夏目漱石中期創作的小說，這三部作品的主角及故事各自不同，但在主題思想上卻互有關聯。主角小川三四郎，從九州故鄉熊本高中畢業後考進東京帝國大學，在跟學校同學和社會人士交往的過程中，對一切都感到新鮮，相較之下，過去的生活愈顯貧乏。在學校裡，三四郎遇到了同鄉野野宮宗八，他是知名的物理學家，成天在地窖裡埋頭做科學研究，對交友和戀愛都不感興趣。同學佐佐木与次郎，是個熱愛文學、精力充沛的青年，但流於膚淺。

後來，三四郎結識了美禰子，生活中充滿綺麗幻想，愛慕她，卻又不敢對愛情採行積極態度。相對於美禰子，是個有教養的新型女性，天真熱情，具有獨立的判斷能力，但瞧不起平民出身的三四郎，最後捨棄和三四郎曖昧不明的感情，跟一個上流社會的男人結婚。

夏目漱石在作品中塑造了嚮往自由主義的廣田先生，他清高自許、卓然不群，對待人生和社會始終抱以高度批判，彷彿作者本人。因此，《三四郎》雖則名為「愛情三部曲」，其背面卻真實的反映出日俄戰爭後，資本主義迅速發展時期，日本資產階級知識分子相對穩定的生活，以及這些人在步入冷酷的現實社會前，猶豫不決的精神狀態。

《三四郎》一書曾於一九五五年改編拍成電影，由山田真二、八千草薰、笠智衆、土屋嘉男等人演出。電視劇則有：

文學ところどころ《三四郎》（一九五四年，日本電視）。

《三四郎》（NHK。演員：石濱朗、八千草薰、松村達雄、小池朝雄）。

電視文學館：看名作的日本人《三四郎》（一九六八年，MBS系。演員：橋爪功、谷口香、杉裕之、松村達雄、笹岡勝治、三谷昇、平木久子）。

銀河電視小說：《三四郎》（一九七四年，NHK。演員：沖雅也、千秋實、篠ヒロコ、林ゆたか）。

文學ト云フ事：《三四郎》（一九九四年，フジテレビ系。演員：大沢健、井出薫、北島道太）。

他在東京大學追尋第三世界

小說中的三四郎在東大求學期間，起初對學習十分著迷，崇拜教授、熱心聽講、發憤讀書；後來又逐漸頹喪下來，總感覺教授不過如此，就連上課也不再那麼熱中。加上，他以美禰子為理想人物，一面不由自主地迷戀她的美貌，並追求她；另一面卻又沒有想當她丈夫的

一九〇二年的東京帝國大學繪圖

明確意識，總覺得自己的想法敵不過她的精明，經常被她捉弄，受她擺佈，凡事怯懦不前，優柔寡斷。

美禰子是個在東京長大、受新思想薰陶的自由女性。生性機敏、高傲，性情漂浮不定，難以捉摸，對三四郎時親時疏，時近時遠，後來另擇男人，嫁了。

就他跟美禰子的關係而言，三四郎的努力最後因失敗而告終。不過，對於追求新生活的決心仍是強烈，他不會因此而放棄對於第三世界的追尋，這從小說描述他後來又從家鄉重返東京可以得到證明。不僅如此，由於有了東京的生活經歷，他逐漸將初來乍到大都會時的不安感，日益深入地走進他的第二和第三世界中。這一切，都是因為進入東京大學帶給他的聰慧思維。

東京大學創立於一八七七年，是日本第一所國立大學，也是亞洲地區創辦最早的大學之一，公認為日本最高學府，更是亞洲一所世界性的著名大學，它的前身起源於江戶時代由德川幕府設立的開成所（蕃書調所）和醫學所，直到明治時期改制為東京開成學校和東京

東京大學

地景位置：東京都文京區本鄉七丁目。地下鐵南北線「東大前站」下車，徒步一分鐘。

醫科學校；二次大戰前，為舊制的帝國大學之一，又稱「東京帝國大學」，後來才又改名為「東京大學」。

東京大學校區設在東京都文京區本鄉七丁目，占地面積四十公頃，全校主要科系均設於此地。另外，在目黑區駒場則另闢建有一處新校區，為教養學部及部分後勤設施所在地。

東京大學為日本第一所依照現代學制成立的頂尖大學，也是日本的最高學術殿堂，每年都有許多學子相繼競逐進入東大就讀。從東大畢業的學生，包括不少總理、部長級的人物。文學家夏目漱石、芥川龍之介、森鷗外、川端康成、三島由紀夫、太宰治、吉行淳之介、安部公房、大江健三郎等都畢業或肄業於該校。

《三四郎》的情節發展，大都以東京大學為小說的背景地，也是夏目漱石的小說中，少數以日本最高學府為寫作舞台的創作。「新的學年自九月十一日開始。……三四郎第二天八點正去學校，一進正門，只見眼前這條大道的左右兩邊種著銀杏樹，銀杏樹一直向前延伸，在盡頭處才緩緩下坡而去。」

銀杏樹是東京大學的象徵，也是這所學校最引人注目的所在，旅行到東大，每次走在銀杏大道，很奇怪，就有一種「我好像就是東大人」的謬誤錯覺；這種謬思或許正是進入東大所產生的快意念頭。

東京大學銀杏大道

心字池的愛情輓歌

搭地下鐵南北線到東大站下車，出了車站，徒步一分鐘便抵達東京大學。

從正門漫步走進銀杏林蔭夾道的東大校園，一瞬間，彷彿以為自己正走在台北羅斯福路台大校園的椰林大道，眼前所見的校舍景觀，精緻巧密的巴洛克建築風格，以及學生步行校園的優越氣質，一股強烈的嫉妒直逼過來；那是一種怎樣不堪的念頭？就因為它叫「東大」？就只是因為不少日本文學家曾經就讀該校？

東大是東京的東大，台大是台北的台大，相似的是，東大校園的主幹道兩側栽植銀杏樹，名為「銀杏大道」，中有「心字池」；台大校園的主幹道兩側栽植大王椰樹，名為「椰林大道」，中有「醉月湖」。這便是兩所建物極其相似的意象特徵。

當進入東大校園，緩步走到為紀念東大傑出校友夏目漱石以東京大學為背景舞台，寫作的小說《三四郎》，而將「心字池」取名為「三四郎池」的景地，怔怔看著這座文學名池，宛若見到小說中的主角三四郎站在池邊土堤，「兩個女孩從三四郎面前走過去。那年輕的把方才嗅過的白花丟在三四郎腳前，走了。三四郎目不轉睛地凝視著她倆的背影。女護士走在前頭，年輕女子跟在後面。可以看到女子色彩絢麗的衣帶上點綴著白色芒紋。頭上還插著一朵潔白的薔薇花，這朵薔薇花在柯樹蔭下的烏髮中閃爍著異常的光亮。」

這是三四郎初次在「心字池」見到美禰子的身影。

「三四郎池」如許平靜，夏日的湖面見不著幾片枯葉，是否秋來，一切都將改觀？「三四郎池」正式名稱為「育德園心字池」，江戶時代屬於加賀藩邸庭園的一部分。

「三四郎凝視著池面，只見好幾棵大樹映現在水底，底上出現了青天。這時，三四郎感到自己的心緒已遠離電車、遠離東京、遠離日本了。然而不一會兒，一團像薄雲似的落寞感在他的內心瀰漫開來，

秋天的三四郎池

宛如進入野野宮的地窖而獨自坐著時的那種寂寞。」夏目漱石在書頁中如是寫道。

想來，東京大學的三四郎池，詩情畫意之外，還蒙上一層空靈幽谷的神祕意象。不見三四郎，不見美禰子，連夏目漱石也不見了，他們全都跌入湖心，遠颺而去。

到御茶ノ水喝杯午后綠茶

《三四郎》敘述，野野宮的家在大久保，有一天，野野宮邀請三四郎到住家作客，「三四郎決定從院子前走進去。起居室即書房，有八鋪蓆大小，西方的書籍很多，占了不少地方。野野宮君離開椅子席地而坐。三四郎嘮嘮叨叨地說了一些隨感而發的話：這兒很清靜啦，能夠很方便的去御茶水啦。」

三四郎常去的御茶ノ水是東京著名的學生街、樂器街，從東大前的本鄉通り經本鄉三丁目，到順天堂醫院、東京醫科齒科大醫院和矗立有一座台灣某獅子會贈送的孔子像的湯島聖堂，右側直行可達台灣遊客最愛閒逛的電器街秋葉原，左側後方即是御茶ノ水。

JR御茶水站的月台原本位於沿著神田川河流的山谷，江戶時代的人對這塊草木繁茂的雅致崖地特別看重。主流總長二十四點六公

東京都御茶ノ水

地景位置：東京千代田區和文京區之間。JR 東日本鐵道御茶ノ水站。

里，流域面積約一百零五平方公里的神田川流經其間，對岸的東京醫科齒科大學的一側是本鄉台地，對面是駿河台。

這個山谷地被兩個台地隔開，以前稱作神田山，中有神田神社；這裡也是著名戰國時代故事「里見八犬傳」里見一族活躍之地。

御茶ノ水本來的地名叫駿河台，後因位於現今順天堂醫院附近寺院境內，有名水湧出，被拿來獻給將軍，地名始改為「御茶ノ水」，當前，御茶水車站前的警察局旁邊，尚留有紀念碑。

原名駿河台的御茶ノ水，於德川家康過世後，駿河國將軍的本營大批移到此地，一時之間，駿河台和番町、麴町並列為本營的家屋敷地。明治維新之後，由於地價便宜，荒廢的武家屋敷地，快速地建造起不少學校和醫院。

十九世紀後半期，明治大學、日本大學、中央大學前身的法律學校、御茶水女子大學、東京醫科齒科大學、駿河台預備校陸續被設立，繼而成為「學生街」，間有復古茶館、古書店街、樂器街、湯島聖堂和東京復活大聖堂，時尚的年輕人活躍大街小衖，充滿樂趣。

從ＪＲ御茶水站到駿河台附近，比鄰不少吉他店和中古樂器店。電吉他、鍵盤、大鼓到鈴鼓、小鵝笛等民族樂器，應有盡有，熱愛音樂的遊客喜歡到此尋找中古唱片和樂譜，蔚成御茶ノ水的特色。

為了見識日本名校，從東京大學正門口的本鄉通り，一路閒散走到明治大學，沿途被商店街五花八門的樂器行攪得眼花撩亂，卻也因為浸沉在文教區而心情優雅起來。忽然想起，御茶ノ水不也曾被村上春樹寫進《挪威的森林》，就是綠約了渡邊到御茶ノ水站附近的大學附屬醫院探望綠的爸爸，以及直子從御茶ノ水散步到本鄉的情節，躍然紙上。

書中第二帖寫道：「直子愈走愈不像是散步。她在飯田橋往右拐，出水渠邊，然後穿過神保町的十字路口，再爬上御茶水的坡道，到達本鄉，最後又沿著東京都電的軌道旁走到駒迅。這一段路並不算短。到了駒迅時，正是日落時分。這是個晴朗的春日黃昏。」

還有，侯孝賢於二〇〇四年執導，以已故日本電影導演小津安二郎的家庭日常生活為舞台背景的日語電影「珈琲時光」最末場景也在御茶ノ水，連接湯島聖堂和東京復活大聖堂的「聖橋」旁，雅致的「ERIKA珈琲」店裡拍攝。

故事結尾描述陽子和肇經歷了搭上不同班車，彼此錯過又再次於月台相遇的情節，片尾出現的冷凝空景，使人慨然不已。

累了，腳瘦了，停歇下來飲一杯御茶ノ水的午后綠茶或ERIKA咖啡吧！

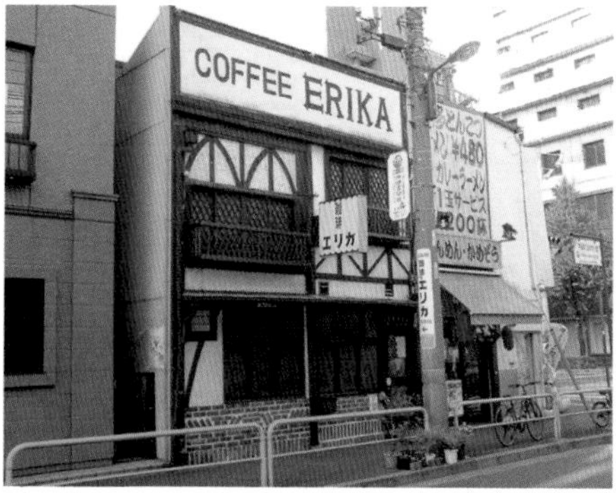

出現在電影《珈琲時光》裡的「ERIKA 珈琲」館，位於在神保町和御茶ノ水之間。

神保町文學花園

從御茶ノ水後方穿過侯孝賢執導的日語電影「珈琲時光」裡的場景「神田古書街」，走到三省堂書店的路口，這一帶被稱做神田神保町。

神田神保町位於東京都千代田區，以坐落書店、出版社、出版批發商代銷店而聞名，將近兩百家大小書店，長五百公尺的屋簷連成一排，是日本最大的書店街，也是世界最大的舊書店街，隨處可見古色古香的舊建築、廣告招牌，書攤甚至擺到人行道上，好似六〇年代台北的重慶南路。

古書店裡，從價位便宜的平裝書到昂貴的古書和古書畫應有盡有。新書店、舊書店、古書店、洋書店和復古茶館充斥其間，又像早期台北的牯嶺街一樣，是一條舊書滿溢的老街區。

因為懷古風潮盛行，「神田神保町」儼然成為東京旅遊，「朝聖學問」必訪之地。三省堂書店、書泉書店、八木書店、玉英堂書店、中野書店、澤口書店、矢口書店、賀芳書店……多到難以數計。其中，位於靖國通和駿河台交叉口旁的玉英堂書店，販售有夏目漱石、尾崎紅葉、幸田露伴等名家的初版書以及手跡原稿，這家書店以「不可多得的好書」聞名，有「明治文學の博物館」雅稱。

到神保町走訪古書街，看書買書，自然得到位於神保町車站A九出口的「學士會館」參訪。明治十六年（一八八三），夏目漱石曾在

古書店裡的《我是貓》初版本

東京神田神保町書店街

地景位置：東京千代田區神田神保町。東京都大手町車站，徒步 2 分鐘。

這裡通過大學預備學校。A九出口處的正前方，立有一座手握野球的紀念碑，那是為了紀念俳句詩人，也是日本野球導入者正岡子規的紀念碑。

神田神保町跟夏目漱石的關係匪淺，小學時代，他從市谷學校轉到神田猿樂町的錦華小學校就讀，錦華小學校畢業後的一八九七年，又進入神田神保町府立第一中學校正則科就學。

錦華小學校位於距離神保町三省堂約莫百公尺附近的錦華通，校門口旁立有一塊紀念夏目漱石的名著《我是貓》的石碑，碑文刻寫：「我是貓／名字還沒取／明治十一年／夏目漱石／就讀於錦華」。

如此說來，以古書店聞名的神田神保町，更是夏目漱石的文學景點。從東京大學、三四郎池、御茶ノ水，一路到神保町，沿途可見夏目漱石曾就讀的小學、中學、大學，乃至文學作品的舊址。

以文學之名作為觀光景點，這裡可是當年夏目漱石求學期間經常出沒的地方。

易学
運命学
原書房
古書買入
和漢書道・美術書
飯島書店
原書房
HARA SHOBO
南海堂書店
古書買入
R.B.S
矢口書店
飯島書店

第八帖——

幽默嘲諷的《我是貓》

透過貓眼寫出人未必是什麼了不起的東西

藉由一隻貓的眼睛來觀察世界

一九〇五年，夏目漱石從英國倫敦回國後隔兩年，發表了第一部諷刺小說《吾輩は猫である》（台灣譯為《我是貓》）。這部匠心獨運的長篇小說，奠定了這位傑出小說家在日本近代文學史上的崇高地位。

別出心裁的長篇小說，他用極其冷峻的頭腦和犀利的幽默諷刺筆觸，揭露資本主義社會的醜陋現實，傾吐文人鬱積已久的不滿和怨懟。

作者藉由一隻善於思索、樂於議論又富於正義感，被擬人化的貓，扮演起敘述者與評論者的角色。透過這隻貓的眼睛，俯視日本當代社會與二十世紀初，現代文明浪潮所帶來的種種怪異現象，更嘲諷資本主義制度下，人與人之間的虛偽關係；並以妙語警句，極盡嬉笑怒罵之能事的暢所欲言，導引人們驅散鬱積在心頭，對未來充滿迷茫

夏目漱石執筆《我是貓》的居所

的愁雲慘霧，繼而昂揚精神，從對現實的反思中燃起新希望的火焰。

作者指出，任何社會，一個人為別人蹙眉、流淚、長嘆，絕非出自於自然態度，而是虛偽的表演，「說一句公道話，也是煞費苦心的藝術。虛偽做作得最巧妙的人，被看作是最富於藝術的良心的人，是最受社會尊敬的人。因此，最受社會尊敬的人，事實上也就是最靠不住的人。」他在小說中明示當代社會已然無藥可救，人們的生活已經苦悶到無法存活下去的地步，只能想到死去、設法自殺。

《我是貓》的主角名叫珍野苦沙彌，是個窮教師，他說：「死是苦痛的，然而死不得就更加痛苦。對神經衰弱的國民來說，活著比死去還要痛苦。」並且預言：「從今天說起，再過一千年以後，人們都必然會實現自殺的。一萬年以後，一談到死，除了自殺以外再也沒有別的死法了。」

這些話看來宛如笑話，但字裡行間卻蘊含哲理，正如小說中另一個人物所說：「要說是詼諧就是詼諧；要說是預言，也許就是預言哩！」

苦沙彌被其他「非知識分子」認為是個「像牡蠣一般把自己藏在殼裡」，只知從書本中討生活，一有機會便高談闊論知識可貴的窮酸教員。全文以直敘法表現了主角甘於寂寞的自負心情，並不時使用旁敲側擊的方式揭穿知識分子因清貧而招致社會輕蔑的可悲現實；尤其，作者透過窮教師苦沙彌與暴發戶金田之間的矛盾與衝突，兼而暴露明治時代的社會黑暗面，甚至「金錢萬能」的炎涼世態。

書中敘述，奉金田之命去窺伺動靜的拜金主義者鈴木，在與不諳世事而經常直言不諱的苦沙彌的一段對話中，公然宣稱：「沒有和錢一起去殉死的決心是幹不了經商這一行的，要賺錢，就非得缺義理、

中村不折繪「我是貓」故事圖騰（攝自夏目漱石熊本舊居）

缺人情、缺廉恥不可。」小說犀利地諷刺了市儈生存學的醜惡本質。

另則，某一天，苦沙彌飼養的貓偷聽到金田與鈴木在街角的一段對話，更是耐人尋味。

金田見苦沙彌是個不向金錢低頭的頑固之徒，心裡感到十分不悅，惡狠狠地臭罵他是個頑固透頂的東西，還揚言要懲治他，讓他嘗嘗實業家的厲害；鈴木在一旁隨聲附和，譏笑苦沙彌是「太傲氣」、「太不識相」的人，「根本不懂得盤算自己是否會吃虧」，根本就是個缺乏利害觀念，使人難以面對和處理的笨傢伙。

評論家認為這部小說在藝術表現上，有兩個顯而易見的特點：其一，作者藉由一隻貓的眼睛來觀察世界，開展小說故事。小說一開頭就寫道：「我是貓，名字還沒有。」這隻貓從出生到最後因為感到無聊，偷喝了啤酒，掉進水缸裡淹死為止，在主人苦沙彌家裡總共生活了兩年，小說所描述詼諧有趣的部分，都是這隻貓的所見所聞。其二，這部小說沒有一般通俗小說的故事情節。夏目漱石也說：「這部作品既無情節，也無結構，像海參一樣無頭無尾。」

雖然夏目漱石透過貓的眼睛寫下「人未必是何等了不起的創造」的作品，然而，時當日本文壇充斥小市民日常生活、男女愛戀和人情糾葛的流行主題，似乎再也沒別的事物可作為寫作題材時，《我是貓》的出現，以及夏目漱石採用新穎的形式，敢於內省自私自利的人類社會，辛辣地嘲笑其中的污穢，就形成了新式創作，自然吸引萬千讀者的青睞。事實上，這種以冷峻之心諷刺社會與人性的小說，不僅在當時，就算現在，就算是整個日本近代文學史，也是不可多得的佳構。

漱石公園與貓塚

夏日正午的陽光酷熱地輝耀在早稻田人煙稀落的馬路上。

第一次走到這個享有學術盛名的人文地區，放眼望去，街道上移動的行人，果然遲疑得有如別無人影般的令人感到清寂，就連停靠在馬路邊候車站的公共汽車也顯得有些慵懶。

委身在寂寥午后的早稻田，這時，從地下車站頃刻間出現一群旅人，平靜的死寂之氣立即被笑聲、高談闊論聲，以及急著到自動販賣機投幣買飲料的速度聲擊碎。

原來的早稻田是不是一直如此隱翳在一無遮掩的死寂裡？還是，這只是夏日暑休的暫時面貌？

到早稻田來，無非採望一九〇七年舉家搬遷到早稻田南町的夏目漱石，辭世前的居住所在，《我是貓》就在這裡脫稿完成；那塊被改建為漱石公園的「漱石山房」舊址，離早稻田大學不遠。

一八八二年創校，一九〇二年正式更名的早稻田大學，是小說家村上春樹的母校。

不是來尋找未見蹤影的村上春樹，且走且期盼悶熱的早稻田吹來一陣涼風，不巧在密集的小街舊書店裡買了兩本小開本的日文書，川端康成的《伊豆の踊子》和三島由紀夫的《潮騷》，開口問女老闆可有夏目漱石的小開本作品集，她倒回答乾脆：「賣完了。」只得悻悻然離開書店，繼續前往覓尋漱石公園。

夏目漱石生家址跡與終焉地相距不遠

漱石山房為夏目漱石終焉地

夏目坂（なつめざか）
夏目漱石の随筆『硝子戸の中』（大正四年）によると、漱石の父でこの辺りの名主であった夏目小兵衛直克が、自分の姓を名づけて呼んでいたものが人々に広まり、やがてこう呼ばれ地図にものるようになった。
イニシアイオ新宿夏目坂
Studio Odissi

在「吉野家」店門前方見到一塊四面錐的紀念碑，上刻「夏目漱石誕生之地」，這裡是夏目漱石被送去當養子之前的出生地；走過「夏目坂」和「夏目坂通」彎曲迂迴的小巷衖，在外苑東通路口附近，先是找到夏目漱石晚年生活的「漱石山房」舊跡，隔條彎巷，就是「漱石公園」，不過是座綠地公園罷了，旅人卻在漱石雕像和貓塚的簡單意象裡見到平靜中的偉大。

能來到文學家的紀念公園，已然足堪告慰這一路在巷衖裡尋覓的千辛萬苦了。

「貓塚」設立在紀念碑旁，象徵《我是貓》與夏目漱石之間的文學因緣，忽而想起台灣「校長作家」歐宗智先生在其作品中提到這部小說時，寫道：「無名貓認為，主人苦沙彌的友人迷亭、獨仙和學生寒月都是太平盛世的逸民，他們像絲瓜那樣被風吹得清淨超然，其實還不免有名利之心和爭勝之念，不時從他們日常的笑談中顯露出來，更進一步言，他們跟平時所訾議的俗人如同一丘之貉，從貓的立場來看，著實遺憾之至。儘管如此，比起那些金錢至上的功利者，不向金錢勢力屈服的主人苦沙彌顯然好得多。作者透過『清高／銅臭』、『擇善固執／圓滑變通』的對比，賦予深刻的諷刺與揶揄。」

來到漱石公園見到石頭堆疊起的貓塚石塔，不禁聯想起這隻貓擁有比人類更能看透、看清人性本質的智慧。可惜在看透人性無趣的作為，覺得人間百般無聊後，竟然偷喝啤酒，掉進水缸裡淹死了。這種行為是否意味夏目漱石對於死亡的見解呢？

早稻田大學與漱石公園

地景位置：東京都早稻田南町七。東京地下鐵東西線早稻田車站（一號出口），徒步約 10 分鐘。

毀於戰火的漱石山房

《我是貓》寫作始於一九〇四年，後來陸續在《杜鵑》雜誌刊載，直到一九〇七年夏目舉家搬遷到早稻田大學附近的「漱石山房」，全書才告完成。這部長篇小說，確立了夏目漱石在日本文學史上的地位，堪稱夏目漱石過去生活的總結。

《我是貓》的故事場景幾乎集中在主角苦沙彌家中。苦沙彌和

寫作《我是貓》時的夏目漱石（攝自夏目漱石熊本舊居）

他的同學、朋友、學生等各階知識分子，在客廳裡談笑風生、高談闊論、嬉笑怒罵，斥罵社會、批評人生，構成小說主要內容。

一九〇七年夏目漱石搬遷到早稻田的「漱石山房」，這座房子離他出生地不遠，寫完《我是貓》之後，他許多的創作，包括《我也是貓》等系列「我小說」，以及《虞美人草》、《三四郎》、《門》、《從此以後》等作品都是在這裡完成。

關於新居，夏目在書中如此說道：「這棟房子有七間，我占用

東京早稻田南町漱石山房

地景位置：東京都早稻田南町七。東京地下鐵東西線早稻田車站（一號出口），徒步約10分鐘。

《我是貓》日文名《吾輩は猫である》

兩間，孩子有六個之多，所以相當狹窄。……我喜歡更寬敞的房子，希望住進更漂亮的房子。我的書房牆灰脫落，天花板有漏雨痕跡，相當污穢；但不會有人特意去看天花板，因此原封不動，沒有修理。總之，是沒有鋪席的地板房間。風從板隙吹進來，冬天冷得厲害，光線又不好，坐在裡面看書、寫作十分難受。然而，要求起來沒有限度，所以只好置之度外。前些時候有人說要給我些紙糊天花板，我謝絕了。住在這樣陰暗、污穢的地方，並非因為喜歡這棟房子，是迫不得已才住到現在。」

早稻田南町，地處郊區偏僻地段，離夏目舊家不遠。當他陪同朋友出外散步，有時還會忽然停下腳步，用手指著附近一片長著松樹的地方說道：「那一帶就是我的老家。」一生顛沛流離，不斷變換住所的夏目漱石，雖則不滿意住所的環境，卻長住那裡，直到辭世為止。去世後，家屬仍持續住於當地。

一九四五年三月，二次世界大戰期間，「漱石山房」遭美國飛機空襲燒毀。

當年夏目漱石和家人生活的「漱石山房」原址，改建為民宅區「漱石公園」，公園設立有夏目漱石半身雕像，以及根據小說《我是貓》製作的「貓塚石塔」和最初山房走廊的殘留遺跡等。

二〇〇八年，東京都新宿區政府組織人員邀集學者和夏目漱石親友，針對「漱石山房」遺址進行復原調研，並成立「復原舊址工作籌備委員會」，著手進行規劃復原「漱石山房」，並擬定二〇一七年二月，夏目漱石誕辰一百五十週年時竣工。

夏目漱石一生時間大都生活在現今東京新宿區，他生前最後九年在「漱石山房」度過，並創作出版了《心》、《明暗》等小說。日本當代著名俳人暨小說家高浜虛子、小說家芥川龍之介等文學摯友經常出入「漱石山房」，相互切磋和探討文學創作，留下不少膾炙人口的佳話，其中，芥川龍之介還為夏目漱石書齋題匾「漱石山房的秋與冬」。

當前，夏目漱石的書籍大都收藏於東北大學，其使用過的文具等，被收藏在神奈川的鎌倉近代文學館。重建後的「漱石山房」將展示夏目的書籍、文房四寶和寫作原稿等遺物。

第九帖——《草枕》上的歐菲莉亞

現代文明充滿迫在眉睫的危機

非人情的寫景寫意小說

發表於明治三十九年（一九〇六）的《草枕》，時當日本社會處於文明花開的盛放季節，政治、經濟、教育、文化等，全面模傚西歐，文學部分被自然主義小說占據主導地位。自然主義反對傳統的善惡觀，認為文學應該表現自我內在的情感，可以放開懷的書寫真實人生或私領域的生活。然而，夏目漱石的《草枕》不以家庭糾紛、男女情感紛擾的糾葛為素材，反而主張以「離卻人情」和「非人情」的創作方式表達文學的藝術性。

他以一位尋找悠閒生活為目標的畫家，內心的獨白與隨想，以及畫家追求心靈美和寧靜為主題寫成的《草枕》，便是這樣一部「離卻人情」的小說。

「草枕」的原意為「以草為枕，露宿於野」，是一種逍遙於自然界的「悠閒」想法。小說內容透過一位畫家在旅宿中遭逢的某些人和某些事，所組串的「超越世俗人情」的祥和故事。

主角「我」是一位畫家，一心期望自己的人生能以逍遙、悠閒的「非人情」方式過活；某一年春天，他去到九州熊本的山中旅行，住進「那古井」的溫泉旅館，邂逅了旅館老闆「老隱居」的女兒「那美」；被許多人認為是美女的那美，曾在京都進修時結交了一位男朋友，兩人私下相愛，無奈後來那美被迫嫁給城裡一位富家公子，戰爭

枕在水池上的「歐菲莉亞」（攝自夏目漱石熊本舊居）

爆發後，富家公子任職的銀行破產關閉，兩人以離婚收場，那美只得獨自回到那古井「志保田」的娘家。

那美性格頑強，但極富才華，喜歡俳句、彈三絃琴、問禪，種種特立獨行的作為，被保守的村民視為不可思議，就連畫家住在旅館期間，也被她不同於「凡人」的舉止嚇住。她對畫家頗具好感，兩人相處，十分曖昧，時而激進、時而淡然。某天，那美請託畫家為她作畫，但畫家總覺得她那種非出自內心真誠的微笑，以及因過度焦慮而形成的好勝心，難以入畫，這種感覺不便說出口，畫家頓時困窘起來。

夏目漱石在書中如斯形容：「我一看到這個女人的表情，就無法判斷了。嘴唇咬成一字，卻是靜止的。眼睛在動著，露出五分的隙罅。臉是倒瓜子型。」又說：「眉毛向兩邊靠近，中間有如點綴數滴薄荷，焦慮地抽動著。至於鼻子，輕薄而不銳利，遲鈍而不圓滿，畫成畫，也該美麗的吧。她的這些道具，個個都有個性，一下子亂紛紛地闖進我的眼睛，難怪我會不知所措了。」

直到某一天，她到車站為即將前往參與日俄戰爭的堂弟送行，意外見到落魄的前夫出現在同一班列車上，這個男人正打算到滿洲尋找新生活，這時，陪同那美前往送行的畫家意外發現，那美無助又無奈的臉上流露出一股特別令人憐憫的表情，這種發自內心真誠的表情，終於觸擊了他提筆為那美作畫的動機。

《草枕》的情節，便是這種「離卻人情」的悠然，一如名畫「枕在水池上的歐菲莉亞」的情境。

枕在水池上的「歐菲莉亞」（攝自夏目漱石熊本舊居）

枕在水池上的歐菲莉亞

位於熊本縣玉名市天水町的「草枕交流館」，坐落在鄉野道路邊，是一幢外觀古樸的建築。這座展覽館，是為了紀念夏目漱石的小說《草枕》以熊本縣玉名市為主要文學舞台而設立。

小說的序章和第一二三章中，都提及玉名市不少景點，如金峰山登山口的「鳥越の峠の茶屋」和「那古井の里」。夏目初到玉名市時走過的山徑以及「那古井の宿」都成為《草枕》的文學地景。

到九州熊本縣玉名市天水町的「草枕交流館」，不僅見到跟《草枕》相關的文學史料，包括夏目漱石喜歡的「枕在水池上的歐菲莉亞（Ophelia）」畫像（約翰・艾佛雷特・米萊的畫作），以及明治三〇年代的庶民生活模型，同時感受當年夏目漱石從登山中、住宿在前田家別邸所發想的「非人情」的生活意識，以及透過這些意識所產生的，超脫境界的靜謐之美和沉思之美。

熊本縣玉名市草枕交流館

地景位置：熊本縣玉名市天水町小天七三五之一。從熊本車站搭乘巴士約 40 分鐘可達天水町。

在那古井の宿，共浴一池的女子

明治三十年（一八九七）末，時任熊本縣第五高等學校教授的夏目漱石，跟同僚一起到訪位於熊本縣玉名市天水町的前田家，悠閒的在前田家別邸度過幾天浪漫假期；住宿數日間，夏目對別邸的溫泉別具好感，曾說：「這裡的溫泉，水滑細緻，甚至可以完全的洗掉去年積存下來的污垢。」

明治三十九年（一九〇六），夏目漱石把那趟到訪前田家別邸旅行的經歷，當成小說《草枕》的寫作雛形。作品中，「那古井の宿」是前田家別邸、「志保田家」是前田家、「老隱居」是前田案山子、「那美」是前田案山子的次女卓（つな）、「鏡池」是別邸旁邊第二別邸的庭池、「白壁の家」是八久保地區的本邸。

前田家別邸的主人為前田案山子，生於一八二八年，歿於一九〇四年，幼名一角，元服後改名覺之助，為射擊達人，明治維新之際改名案山子，是一名倡導自由民權的鬥士，長年為農民運動奔走；明治十一年（一八七八）建築了前田家宅邸，當代著名的民權鬥士中江兆民和岸田俊子等，以及清末民初，中國國民黨的革命志士孫文和黃興等都曾相繼到訪，並公開演講。明治二十三年（一八九〇）前田案山子當選第一任眾議會議員。

熊本縣玉名市前田家別邸

地景位置：熊本縣玉名市天水町小天七三五之一。從熊本車戰搭乘巴士約 40 分鐘可達天水町。

前田案山子和夏目漱石早已遠離塵囂人世。如今，《草枕》小說中的主要舞台「那古井の里」的前田家別邸，特別設立「漱石館」，把夏目漱石當年住宿入浴的浴場，完整保留，供遊客參觀。

關於這座浴場，夏目漱石在書中多所著墨，他寫到畫家住進旅館的第一個夜晚，因恍惚見到女子的幻影而醒來，索性把幻影的景象寫成一些詩句。隔天一早醒來，驚覺房間已被打掃乾淨，並發現昨夜信手拈來寫下的詩句，居然被旅館的女兒那美私自修改；為了引發畫家的作畫靈感，那美還刻意地在半夜跑去跟畫家共浴一池。

夏目漱石住過的前田別家邸房間

前田家別邸的溫泉館

夏目漱石在書中寫道：「從頸部經轉向內，再往雙方拆開，由肩膀順暢下去的線條，豐腴地，渾圓地往下彎，流到末端就是五根手指。在隆脹的雙乳下，略微內凹，而後再平滑隆起形成和緩的小腹。她略微往後收了小腹，人也略微往前傾。撐住身體的膝部，重新站穩，那長長的小腿直下到腳跟，平放著兩隻腳盤，把全身的不平衡全都平穩地支撐住了。這姿態，並不像普通的裸體一般，露骨地呈現在我眼前。她只是把一切的事物化成幽玄的靈氣，把充分的美優雅地暗示出來而已。」

這幕精采絕倫的溫泉池共浴，令畫家愕然不已的愣在浴槽裡，半晌未起。自此以後，只要畫家到戶外寫生，那美必定會偷偷跟隨，她那驚鴻一瞥的幻影，屢屢在畫家的心底蕩漾不已。

走到夏目漱石曾經泡湯的別邸溫泉池，見到浴槽原型，不禁喟嘆作家靈思妙動的好文筆，竟能如此巧妙的把「離卻人情」的思維，描繪得這般生動。

具象存在，意象亦存在，一切的美都被寧謐牽繫。

充滿幽玄文學的草枕溫泉

畫家旅行到山村後不久，即聽說許多關於「那古井の宿」的女兒那美的種種流言，就連住進旅館後，不見人影，只能聽聞她沉吟的歌聲，直到第二天才像「發現新大陸」那樣驚奇的見到那美的真面目。

夏目漱石形容女主角面色白皙、頭髮濃密、頸部髮際很長，寫道：「這女人的臉沒有統一的感覺，正是她的心沒有統一的證據。心沒有統一，是因為這女人的世界沒有統一的吧。那是一張被不幸抑制，而又想克服不幸的臉。」

山村中的理髮師曾經奉勸過畫家，別對那美存有任何妄想，要是誰想戲弄那美，就有苦頭吃了。

畫家早已有了自知之明，心想：「在現實世界中，我和那女人之間的纏綿關係如能成立，我的痛苦就難以言說的了。」

他不斷提醒自己，既已暫且讓心靈離開人情世界，至少經由這次的寧靜旅行，排除掉再回到人情世界去的念頭，一旦回去，恐怕會糟蹋了這次旅行的意義。他只想做一名純粹的專業畫家，他要斷絕糾纏不清的「人情世故」的羈絆，本乎「非人情」原則，絕不涉入「那美」的感情世界，他必須與她保持一定的安全距離。

畫家住宿的「那古井の宿」，在真實世界中屬於前田家別邸，這幢別邸位於熊本縣著名的小天溫泉區裡，小天溫泉區歷史悠久，泉質溫和，可

熊本小天溫泉

地景位置：熊本縣玉名市天水町小天八二七七。從熊本車站搭乘巴士約 40 分鐘可達天水町。

療神經痛、筋肉痛、關節炎；從小天之丘可眺望有明海和普賢岳，景色絕佳。平成九年還特別設立公營的「草枕溫泉」，充滿暖暖的文學之泉。

草枕小說背景舞台小天溫泉區

我們就在佛祖面前一起睡覺

位於九州大分縣別府市的觀海禪寺，曾出現在《草枕》小說中。夏目在書中寫到，原本在觀海禪寺修行的僧侶泰安十分迷戀那美，還主動寫情書給她。僧侶迷戀凡間女子，這在明治時期的小說中經常發生。個性倔強的那美，在接過情書後，反應極其強烈的衝進僧侶們正在誦經的觀海禪寺正殿，當著眾僧人面前鄭重其事的警告體魄強健的年輕泰安，說道：「既然那麼愛我，我們就在佛祖面前一起睡覺。」未等泰安反應過來，那美便往他的脖子猛咬下一口。

因為寫情書給那美的事當眾出醜，讓泰安不得不在當晚不辭而別，離開了觀海禪寺。

寺院發生了這種不堪入目的事，眾人紛紛議論不休，住持倒認為，或許正由於這個因緣，那美在泰安的脖子咬下的那一口，反而讓泰安變成良僧。

觀海禪寺的住持的想法，顯然跟他人有所不同，就如書中所述，雖然那美的意識中，認定女人為男人自殺根本不值得，但她卻執意要求畫家以她投水自盡，讓屍體浮在池塘上面作為題材作畫，一如「枕在水池上的歐菲莉亞」的畫像。她這種奇異的意念說出口後，令畫家心驚不已，恍惚感受到那美難以捉摸的性情，十分詭譎。另一邊，觀

明治 30 年，夏目和友人山川信次郎到小天村旅行時在鳥越峠茶屋歇腳

九州大分縣別府市觀海禪寺

地景位置：大分縣別府市觀海禪寺。搭車到別府站可達。

海禪寺的師父則說，那美絕不是個瘋女，她的的確確是個喜歡參禪、不平凡的女子。

這個被禪寺住持認為不平凡的女子，生長在以地底噴出熱溫泉和龍捲式溫泉而著名的別府市。別府市的溫泉，又有稱「地獄溫泉」或「血的海地獄」。夏目漱石的小說《草枕》的部分文學舞台即出現在這個溫泉區。

屬於曹洞宗清寧山的觀海禪寺，建於奈良時代，寺院有「百人一首和歌」作者之一，後白河天皇第三皇女式子內親王的御墓、幕末有志二条義實公御墓和特攻擊隊慰翼之碑。

湯布院有座金鱗湖

湯布院又名由布院，是一條分布在大分縣由布嶽西南麓、由布院車站附近的溫泉街，街上建有多家溫泉旅館，泉水透明，溫和穩定，對類風濕和神經痛等症狀特別具有療效。

大分縣由布岳山麓，素有「晨霧和出泉之鄉」美譽的湯布院，是一座古樸寧靜的山中小鎮，溫泉自古聞名，至今仍保留古老建築，老式旅店與雅致的洋式私人旅館、深具個性的美術館與小型展覽室、高級酒樓與茶室比鄰並存，構成一幅優雅的景色。

小鎮因為擁有許多美術館及畫廊，熱鬧、歡騰的藝術活動，使來訪的遊客樂不思蜀。湯布院好山好水好風光的景色，造就了精巧的陶藝、木雕、彩繪玻璃及壓花等民間藝術。

湯布院町步道裡有一座如夢似幻的金鱗湖，這一座魅力之湖是由

恋の物語
石原裕次郎・浅丘ルリ子
和泉雅子
江利チエミ
ひばり・チエミの
弥次喜多道中
27
はつらいよ
浪花の恋の寅次郎

九州大分縣湯布院

地景位置：大分縣由布市湯布院町川上。乘車到由布院車站可達。

湯布院金鱗湖溫泉熱氣騰空

溫泉水匯流而成，即使在嚴冬季節，湖底熱泉依然噴湧而出，湖面呈現騰騰熱氣，是盆地中晨霧的來源。

金鱗湖，在夕陽下閃爍如魚鱗般的光芒而得名，一衣帶水，充滿情趣的風景、舊式建築的民藝品販賣店，迷戀到訪的遊客。

到熊本縣參訪夏目漱石《草枕》的文學景地，順道遊走位於熊本縣東北方大分縣的湯布院，賞金鱗湖水景，恰得一樂。

第十帖

驚奇一百年的《夢十夜》

請你用星星的碎片作為我的墓碑

澄靜透明的無意識世界

《夢十夜》是夏目漱石四十一歲（一九〇八）遭受神經衰弱症，以及胃潰瘍所苦期間寫下的作品；以「夢」為形式敘述十個短篇故事，這十個不同色調、不同年代，無論離奇難解的噩夢或光怪陸離的夢中夢，其夢境分別交織出夏目漱石對於親情、愛情、人生、社會、恐懼、孤寂、憤怒、哀傷的深刻感悟，並真摯地呈現人性最赤裸的本質。

夏目漱石的文學作品既深沉又充滿韻味，《夢十夜》每一場夢境風格獨具、撲朔迷離，迥異的小說內容也跟江戶時代以來的「夢物語」遙相呼應。

全本小說，既富耐人尋味的散文詩意境，又像短篇的詩小說，呈現出繽紛綺想、詭異唯美，兼而澄靜透明的無意識世界，許多表面上看似不合理又毫無關聯性的人事物，都被夏目漱石以文學的高明筆觸，充分掌握成夢元素的特質。連他自己都說：「深具野心的我，要讓一百年後的人們來解開這個謎。」而今，《夢十夜》的出版已然超過百年。

這本小說從百年前出版至今，現代人們仍持續在閱讀，並從閱讀中試圖尋索十個夢境究竟能否解開？有人摸不著頭緒，不懂其中夢境云何，反覆思慮後，卻發現文字中暗藏不少不可思議的寓意。時至今日，讀者和影迷以夢的解析和潛意識回顧夏目漱石的作品，不正應驗了他的預言？

該書出版百年後的二〇〇七年，日本影壇為了替讀者解開這些耐人尋味的謎團，特別製作拍攝了「夢十夜」（ユメ十夜）電影，邀集日本當代十一位著名的前衛導演，以個人最擅長的風格，共同完成這個解謎鉅作；包括：《亂步地獄》的實相寺昭雄、《細雪》的市川崑、《咒怨》的清水崇、《恐怖劇場・請求》的清水厚、《東京殘酷警察》的豐島圭介、《戀之門》的松尾鈴木、《島の歌》的天野喜孝、《豆富小僧》的河原真明、《苦役列車》的山下敦弘、《蛇草莓》的西川美和、《極道兵器》的山口雄大等。

十段夢境中唯一的動畫，則由日本ACG界最負盛名的插畫大師，監製《島の歌》的天野喜孝執行。無論年少舊事、政治嘲諷或惡夢與現實，相互交織迭次，並以三D動畫傳達超時空的幻覺，使閱聽者從中領略「大夢初醒」的驚奇。演員部分包括：主演《東京鐵塔》的小泉今日子、戶田惠梨香、香椎由宇，《現在，很想見你》的市川實日子、《日本沉沒》的藤岡弘、《東京朋友》的山本耕史、《犬神家一族》的石阪浩二、《沉睡的森林》的本上真奈美，以及二〇一二年NHK大河劇《平清盛》中飾演「平清盛」的松山健一等。

電影推出後，讀者是否已從夢境中跳脫出夏目漱石所設下的人生幻境？或者仍繼續墜入時空不斷轉換的現實與虛幻的生命軌跡？謎團仍為謎團，人生本就是一場夢境，不是嗎？

第一夢：愛情——原來，一百年已經到了

這是一段穿越百年的愛情故事，寄望男女情愛，恆久的承諾。然而，關於愛情的夢如何解？情愛和生命一樣，不都如幻影嗎？

黃粱一夢已百年，夢當怎麼解喲？「我要走了，如果你還記得我是誰？我知道你一定捨不得我，還會很掛念我的。」

第二夢：悟道——既是武士，不可能無法開悟

這是一則關於武士與悟道的夢，深具禪意。

「洗心詎懸解，悟道正迷津。」悟，有大悟、小悟，執迷而不悟就無能悟道。曾在鎌倉圓覺寺歸源院參禪的夏目漱石，過世前曾給禪僧鬼村去信表示，迫切希望大徹大悟，強烈要求入道，最後卻被病魔拖住，陷入人間煉獄。

歌川國芳繪畫的武士與僧人

第三夢：孩子──今年正好是你殺了我滿百年

這是和輪迴因果有關的夢，讀來沉重不已。

這是個因果關係的夢，傳達可為與不可為的人生姿態。作者欲傳述沉重的因果輪迴，承載在每個人的每一世之中。

第四夢：童年──老爹嘩啦嘩啦地走入河裡

這是緬懷過去的夢境，充滿濃密的年少情懷。

作者在這個夢境裡探究的是「死亡」的問題：我是誰？我要到哪裡去？活著的目標，不正就是朝死亡之路直直走去嗎？

第五夢：恐懼──天探女模仿雞啼聲

這是一則過去與現在、夢境與現實交錯的神祕故事，挖掘人心最深層的恐懼。

夏目漱石在文末說：「天探女永遠是我的敵人。」也即強調不向絕望妥協！註

第六夢：奇蹟——木頭裡藏著仁王

這是崇尚禪學的夏目漱石對於明治時代「廢佛毀寺」的失望心情，表明「護法」的決心。

夏目漱石在本文中傳達人心本佛心，只是被虛幻蒙蔽而不自知。「迷即眾生，悟即是佛。」需要點悟而已。「原來明治時代的木頭裡根本就沒有藏著仁王」，示喻明治時代當政者，盲目西化廢佛和剷除庶民文化的無知與鹵莽。

第七夢：孤寂——這艘船是在往西行嗎？

這個夢境所欲傳達的，是夏目漱石對於明治時代日本西化發展所產生的徬徨、疑慮與無助感。

歷史印證了夏目漱石對於明治維新日本西化的擔憂，「第七夢」

註：天探女：又名天邪鬼，佛教中被二王、毘沙門天王踩在腳底下，專門與人作對的小鬼。

無疑應驗了日不落帝國最終仍有落下去的一天。日本興起、失敗，又站起，如文中所言：「西行之日，盡頭是東嗎？這是真的嗎？日出東方，娘家是西嗎？這也真的嗎？身在浪上，以艪為枕，漂啊漂吧！」

第八夢：靈感——麻木外表下一付無奈的心情

原著的夢境充斥著麻木感，理髮師、豆腐小販、藝妓，以及賣金魚的小販，包括作夢者都是麻木的，沒有感情地看著眼下所發生的一切，輕輕靜靜的流過。這莫非是夏目漱石對明治時代政治環境和社會現狀的表白？

第九夢：離情——喪命的流浪武士

原著寫出滿滿的回憶，是夏目漱石的故事；電影則傳達了一對母子對離家父親的思念之情。

與第八夢一樣，這個夢該是段回憶，夏目漱石以平靜的心情，記錄了明治初期一段不該被遺忘的歷史。電影則將明治初期對武士的打壓，換成軍國主義大量徵兵對外侵略的悲劇。

第十夢：食色——最好不要隨便看女人

夏目漱石在第十夢裡，以庄太郎、豬、女人、懸崖和阿健來暗喻軍國主義對外擴張戰爭所造成的愚昧行為，嘲諷更勝隱晦。

電影以幽默而戲謔的手法，探討人性中的食慾和色慾，由日本NHK電視台二〇一二年大河劇《平清盛》中飾演平清盛的松山健一演出庄太郎一角。並於清水厚導演、戶田惠梨香主演的「夢的終曲」中闡述：一百年就這樣過去了，還會再有下個精采的一百年嗎？

営業中
吉田理容所
北浜
三丁目
2-2
こども
110番の家

第十一帖

情錯意亂的《虞美人草》

看似氣質如蘭的她，卻脆弱如虞美人草

一段傲慢與偏見的畸戀

夏目漱石的《虞美人草》，講述一段發生在四個家族之間，同父異母的兄妹的畸戀，也即甲野和藤尾兄妹的家、他們的親戚宗近和系子兄妹的家、小野的家、小野的恩師孤堂先生和他女兒小夜子的家。

二十世紀初期，日本剛從封建體制轉為資本主義社會，人們對西方文化極盡崇拜，青年男女大聲疾呼思想解放，尤其上流階層，偏愛以西式文化為地位象徵，於是促成一批思想先進、行事獨特的年輕人。

故事描述外交官的女兒藤尾，外貌美麗、心地高傲，是個以自我為中心的新時代女性。自小接觸西方文化，學識出眾、談吐優雅。父親死後四個多月，便與母親合謀，千方百計要將同父異母的哥哥甲野趕出家門，以便獨吞全部家產。甲野看穿藤尾和繼母的心意，厭惡這種勾心鬥角的行為，願將全部家產讓給妹妹，自己隻身出走。

藤尾長得像日本古畫中嫋嫋婷婷的美人，看似氣質如蘭的她，內心深處卻澎湃著一股可怕而熾烈的情感，放任自己沉溺於感情深淵中。

藤尾只懂得擁抱自己的愛，從未想過為別人而愛；一心只想戲弄男人，絕不願被男人操弄。她拋棄長期以來一心一意接近她的宗近，因為覺得宗近既不容易駕馭，又沒才幹，不是她心中理想的對象；相對卻又以濃豔的魅力迷惑有才又無私的小野。

另一方面，小野既迷戀藤尾如花的美貌，又覬覦她豐厚的家產，

寫作《虞美人草》時的夏目漱石

《虞美人草》在朝日新聞連載時的刊頭畫

忽醉忽癡，整個人六神無主，無視多年以來，費盡心血栽培他的老師孤堂先生的女兒小夜子對他純真的愛慕，殘酷絕情的拒絕相約已有五年之久的親事，不顧一切毀譽，執意要跟藤尾結合。

好友宗近出於一片誠心，嚴厲指出小野所提跟小夜子沒正式婚約，純屬無稽的藉口，他明示小野認清藤尾玩弄愛情的遊戲真相；果然，小野不久後改弦易轍，斷絕跟藤尾的關係，和小夜子重修舊好；藤尾惱羞成怒，玩火自焚，最後落入絕命身亡的悲慘結局。

這種如佛洛伊德稱謂的「戀父情結」情緒，不應任其發展，它看來是如此的不具道德性，就像豔麗卻脆弱的虞美人草。使人在譴責中深感遺憾，為什麼藤尾要任由這種充滿危險的感情像巨浪般吞噬自己，就好比得知真相後，她的內心如烈火焚燒，這時，虛榮與驕傲的畸戀形同毒藥，使她中毒身亡。

《虞美人草》的文體深具特色，用夏目自己的話來說，就是「俳句連綴式」。小說中充滿絢爛多彩，發人深省的警句，巧妙貼切的比喻、生動感人的抒情俯拾即得，隨處閃現夏目的詩人才氣。絢爛的文字與絢爛的內容，相互映襯出戲劇性的故事情節、對照出鮮明的人物性格，實為夏目文學才華的高境界。

《虞美人草》是夏目漱石進入《朝日新聞》工作後的第一部連載小說，發表後不久，立即引起極大迴響，更因而奠定了他在《朝日新聞》崇高的地位。據稱，《虞美人草》是在一九〇六年十二月二十七日遷居東京本鄉西片町時所寫。

他在本鄉千駄木大約住了一段時間，屋主是個極貪心的人，他看見夏目漱石在民間的聲望越來越高，即不斷抬高房租，從每個月二十七元漲到三十元，隨後又漲到三十五元。夏目感到憤慨難耐，便在脫稿寫完《虞美人草》，於一九〇七年九月二十九日，舉家搬遷到早稻田南町的「漱石山房」。

比叡山看見琵琶湖

《虞美人草》第一帖以主角甲野和宗近君登上比叡山作為開端。

夏目漱石在小說裡對於比叡山的景色與山下可見的琵琶湖多所描繪，使得小說一開始就將讀者引入一個山明水秀的遼闊世界。

一九九四年被聯合國教科文組織指定為世界文化遺產的比叡山延曆寺，為日本佛教天台宗的總本山，因此，自古即被視為鎮護京城的聖山，更成為延曆寺的代名詞；比叡山，又稱叡山、北嶺或天台山等，位於京都市東北隅的山岳，由標高八百四十八公尺的大比叡岳和標高八百三十九公尺的四明岳所組成，最高點位於滋賀縣大津市境內。

而位於比叡山腰間的日吉大社，四周綠樹環抱，占地面積達四十三萬平方公尺。神社內的許多建築都已成為文化遺產。西元十六世紀末建造的「東西本宮」又稱正殿，是日本建築史上稱為「日吉造」的一種獨特的建築樣式，這種建築只存在於西元十世紀建造的日吉大社中才能見到。大社屋頂三方築有房簷，造型獨特。被指定為國家重點文化遺產的「日吉三橋」，是由大宮橋、二宮橋、走井橋三座橋組成。每年四月十二日到十五日，這裡會舉行被稱作「例大祭」的祭祀活動，有許多的神輿加入，熱鬧非凡。

文字與真實影像的比叡山景色難以比擬，一路探尋，得以清新

京都府比叡山

地景位置：滋賀縣大津市西部、京都府京都市北東部。可從大津市搭鐵道到坂本站即達。

比叡山戒壇院

明燦的看清楚雪中的比叡山，隱匿著世外桃源般的聖潔之美。積雪高高垂掛在比叡山麓的松樹間，使人看得發愣，急於找尋雪姿美態的蹤跡。是啊！餘韻裊裊的山間景致，在鋪滿落葉與雪堆的樹蔭路上，在山巒翳影籠罩的林間道上。

尤其，比叡山上除了坐落延曆寺的寺院群之外，尚可見到出生昭和時代，為人們造夢的童話作家宮澤賢治的歌碑「根本中堂」；寫過著名童話《銀河鐵道之夜》的宮澤賢治，曾於一九一六年和一九二一年兩度造訪京都和比叡山，亦曾寫下〈比叡山短歌十二首〉，包括〈夢の中なる碧孔雀〉等。

河津川壯麗的峽谷景色

依循夏目漱石在《虞美人草》所述，宗近和甲野等書中主角，曾搭乘小火車到過河津川下り的保津車站和保津川遊玩。

保津川發源於京都中部地區的丹波高地，自園部開始，環繞群山奔流到了龜岡盆地，再穿越十六公里的保津峽谷，傾瀉到名列「天下名勝」的嵐山桂川。地理學上稱這段從龜岡到嵯峨嵐山的河谷為保津峽谷，穿流其間，名震遐邇的區間河段稱為保津川。

保津川的順江遊船之所以能擁有如此美譽，泰半受惠於出生安土桃山時代，江戶時代初期，嵯峨嵐山的富商角倉了以將保津川開鑿修整的結果。角倉了以五十一歲時，決心實施保津川開鑿修整的計畫，他打算將丹波和京都連接起來，利用水運把丹波豐富的物資輸送到京都，遂於慶長十一年（一六〇六）三月，開始著手將保津川沿岸，被

京都保津川下り

地景位置：龜岡到嵯峨嵐山之間的河段。可在嵐山車站搭小火車前往。

山巒和巨石環繞阻擾，激流湧動的保津峽谷開鑿出一條水路。角倉了以後來投入巨資，保津川才得以建造成完善的水運系統。

這位被稱為川大名的富商，不僅開拓了保津川的水運，又於一六一一年開鑿建造高瀨川運河，將大阪和京都用運河連接起來，同時還受命於幕府，開拓了天龍川和富士川的船運系統。從此，大米、小麥、薪炭、木材等以木筏將物資從遙遠的上流丹波運輸出去。直到明治三十二年（一八九九），山陰線電車開通，以及卡車運輸量增加，以木筏及貨船為主的保津川水運逐漸退出歷史舞台，成為名勝觀光景點。

早在京都被營造為首都之前的長岡京時期，利用保津川運輸的方式就開始了。

保津川峽谷美麗的大自然景色，一年四季各有千秋，巨石林立、群山環繞、水花四濺的激流、神祕的深潭等富於變化的景觀使人流連忘返。明治二十八年（一八九五），這裡已經出現過載有觀光遊客的遊船了。利用木筏和貨船載貨的光景雖不復存在，但順流遊船，每年吸引了大約三十萬的遊客到訪，享受獨一無二的驚險與刺激的激流活動，並飽覽四季獨特的自然風光。

成為觀光旅遊勝地的保津川，可以從保津川上游行船到終點附近，桂川畔的嵯峨嵐山；沿岸山腰處可眺望為紀念開鑿工程遇難者而建立的千光寺以及角倉了以紀念碑。

從京都搭乘復古式小火車，前往嵯峨嵐山，沿途經過保津川峽谷、保津峽車站，天然景色果真不凡，居高臨下所見河津川，氣勢滂沱，如鬼斧神工的巨岩，聳然壯麗。

簡明古樸的保津峽車站

第十二帖——

立春之後的第《二百十日》

發生在阿蘇山一場暴風雨中的真性情

迷失在阿蘇火山的圭和碌

明治二十九年（一八九六），夏目漱石從四國的松山去到九州的熊本縣立第五高級中學（現為熊本大學）擔任英語教師。後來，為了到英國留學，不得不於明治三十三年（一九〇〇）離開生活了四年又三個月的熊本。

生活在熊本的明治三十二年（一八九九）八月二十九日到九月二日，他和學校同僚山川伸二郎相偕到阿蘇登山。這是他在熊本第二次的旅行，第一次是到小天溫泉的前田家別邸，後來寫下了《草枕》一書；第二次到阿蘇著名的活火山登山。

他先是和同僚在南阿蘇村的門下溫泉停泊，後來，又到內牧的山王閣溫泉休憩，繼而從那裡到阿蘇神社參拜，然後準備到阿蘇登山，登山當天正值九月二日，一路暴風雨飄搖，兩人依循人跡罕至的山路入山，迷了路，無法登上山頂觀賞活火山，最後只得敗興而歸。

在《二百十日》小說中，夏目漱石描述這段情節時，以無可奈何的口吻敘說迷失在火山灰瀰漫天地的兩個人，身處在茫然若失的陌生國度裡，不知何去何從之際，其中一名頑強者自告奮勇的搶先要去探路，不料卻意外失足掉落坑谷，最後只得仰賴同伴伸出援手，才得以脫困下山。

夏目漱石到阿蘇旅行的過程，和小說《二百十日》中的情節自然不必完全相同，作者藉由一位豆腐店出身的平民青年，描寫貧民看待富人和貴族的不平衡心態，以及內心充滿對社會階級的憤懣情緒，立

阿蘇坊牧明行寺銀杏樹前的《二百十日》文學碑

志有朝一日要將這種不公平的社會階級現象反轉過來。偏巧他身邊卻有個心態正常的富家子弟的朋友；就在立春後的第二百十日當天，兩人冒著暴風雨，艱困的攀登阿蘇山，過程中，那位富家子弟在危急時刻，義不容辭地幫助他，並對他施予愛與同情，讓這位平民青年感受到滿滿的人性愛。

主角圭和碌兩位好友相約攀登阿蘇山，打算觀賞活火山絕景，過程間，兼而出現笑鬧戲謔，相互消遣的場景，有時則慷慨激昂地批判俗世，妙趣橫生又深具節奏的幽默對話貫穿全書，可以得見夏目漱石對世道人心的見解，是他「非人情世界」的另一佳構。

《二百十日》好比訴諸社會道義的作品，對於以社會改革作為目標的圭來說，夏目漱石在給高浜虛子的信中如是寫道：「我想圭君是這個時代需要的人才。現在的青年都學習圭君，也好。不然像碌君那樣悟出，也好。現在的青年兩者都沒有，行屍走肉，只會傲慢。」

發想自登阿蘇山不成而寫成的短篇小說《二百十日》，直到明治三十九年才刊載於十月號的「中央公論」雜誌。

山王閣裡的漱石紀念館

位於熊本縣阿蘇市內牧的山王閣溫泉旅館，是夏目漱石到阿蘇火山旅行時住宿過的旅店，他在這間具有悠久歷史的溫泉旅館住宿期間，四天之內起稿寫下了《二百十日》。

山王閣擁有四十九間和式客房、四座大型溫泉浴池，泉質為芒硝泉，可療神經痛、筋肉痛、關節痛、五十肩等。庭園設有夏目漱石雕像的文學碑，上書「行けど萩ゆけどすすきの原広し」。

夏目漱石到阿蘇旅行時，曾在原名叫「內牧溫泉」的旅館停泊，當初用來療治養神的溫泉亭「山王閣」這個名字至今依舊被持續使用。溫泉旅館還特別將夏目漱石當年泊夜住宿的房間設為「漱石紀念館」，投宿的旅客能自由進出參觀，享受夏目漱石停泊的房間重現明治時代的氣氛。

阿蘇一帶，除了夏目漱石《二百十日》的文學碑之外，曾經造訪過的不少文學家也留下碑文，包括：与謝野鐵幹，北原白秋，國木田獨步，種田山頭火等。阿蘇雄偉的自然景觀成為文人創作的能源。

熊本縣阿蘇市山王閣溫泉旅館

地景位置：熊本縣阿蘇市內牧四八二之二。從阿蘇車站搭巴士前往約 20 分鐘。

山王閣庭園內建有紀念夏目漱石執筆寫作《二百十日》的石碑

日本三大樓門的阿蘇神社

熊本縣的阿蘇因為擁有阿蘇五嶽，以及中嶽活火山而聞名，阿蘇五嶽現今被列入阿蘇國立公園，公園內外，有垂玉、地獄、阿蘇、湯之谷等溫泉，其中阿蘇內牧溫泉有一百個以上的泉眼，是阿蘇最大的溫泉鄉。

約在五萬年之前，阿蘇火山結束了一連串猛烈的火山爆發，火山熔岩覆蓋整個山區，其範圍可畫出一個半徑超過數公里的大片窪地，這些不毛之地空曠遼遠，遊客若想一睹活火山的壯觀景象，必須搭乘纜車上山，沿熔岩區徒步體驗當年火山爆發遺留下來的熔岩威力。

阿蘇村民為了祭祀阿蘇開拓始祖、祭拜阿蘇國的山神，以及感念神明長期庇佑地方農事未遭火山破壞，遂建立一座阿蘇神社，作為尊崇神祇的地方，這一座神社為江戶時代末期再建的社殿和樓門，二〇〇七年被列為國家重要文化財。

孝靈天皇九年（紀元前二八二年）創立的阿蘇神社位於阿蘇市內，為式內社、肥後國一宮、舊社格為官幣大社，是日本全國四百五十座阿蘇神社的總本社。神社起源不確定，但被歷史學者認為在兩千多年前的彌生時代末期建造成立。是熊本縣最重要的神社。兩層式的十二腳唐門式山門，被列為日本三大樓門。神社內供奉有十二座神明，社內庭園植有一棵千年杉樹，叫「結婚的杉」，信眾一致認定祭拜這棵老杉，將會為婚姻帶來幸福。

夏目漱石到阿蘇旅行，跟同僚山川伸二郎欲登阿蘇山之前，便曾到訪神社參拜。

到阿蘇來了，打算搭乘纜車前往夏目漱石半途折返的阿蘇火山，便依循《二百十日》景地，走進神社參拜眾神，神明就在廟堂裡，見那古樸建築，安心的告訴自己，神明住在心裡。

熊本縣阿蘇市阿蘇神社

地景位置：熊本縣阿蘇市一の宮町宮地。從 JR 豐肥線的宮地站步行約 20 分鐘可達。

見到安靜的草千里

阿蘇山區烏帽子岳北麓延綿著一塊四方形的富饒草原，直徑長達一公里，這一大片草原被取名叫「草千里」，其形狀宛如一個淺形的大盤子，草原中央有一口大湖，為周圍的景觀錦上添花，增加情境，景色如牧歌般令人陶醉，果真是春夏季節放牧的好場所，遊客可以在草原上領略放牧風景，看牛馬悠然自適地在綠意盎然的草原上吃草；冬季落雪時，這裡則成為滑雪場，是阿蘇地區占地最遼闊的草原。

當年，夏目漱石欲登阿蘇火山，必然路過草千里，這裡是前赴阿蘇火山的必經之地，更是台灣旅行團九州地區首選的景點之一。斯人已矣，不知明治三十二年夏目漱石經過草千里時，九月的草原是否如詩如畫，撩人心情壯闊起來？春季時盛開杜鵑花的仙醉峽、內牧溫泉、赤水溫泉，夏目一定在這裡見過使人沉醉的紅楓。

某年九月，準備搭乘纜車往阿蘇火山之前，即被「草千里」這個名稱所誘，先是歡歡喜喜的踏進草原的閒適氣息中，後來又在休息站旁見到紅綠交迭的楓樹林。山美、楓美、草原美，果不其然遇上瞬間襲擊而來的狂風細雨，是風口吧！這空曠的千里草原，風颳得緊，匆匆縮頭裹身躲進休息站餐廳，透過玻璃門窗，眼前一片濛濛迷霧，這景象可也如立春後的第二百十日一樣，風雨交加不停。

熊本縣阿蘇市草千里

地景位置：阿蘇火山纜車站前。在阿蘇車站前搭乘巴士到草千里阿蘇火山博物館前，約35分鐘。

大自然的天候變化和無常人生一樣，九月裡驟然雨紛紛，無法不承認，只是一眨眼的光景，雨歇，風止，時間像是停下來，再也看不到雨來前，草原上那片亮澄澄的綠色光芒，只能笑瞇瞇的記下那道光芒掃過眼前的感覺。時間久了，或許會逐漸將那種感覺淡忘掉，並會不時看著一些歲月無聲無息的消失。

不過，消失的，不要緊，一個人記得就好；總會想起那個時候見到的草千里，讓心安靜，雖則風雨吱喳片刻，世界還是很寧靜。

夏日一定在這裡見過使人沉醉的紅楓

阿蘇中嶽活火山

位於九州熊本縣東北部的阿蘇山，屬於阿蘇九重國立公園。

這座被稱為「阿蘇山」的山脈只是阿蘇地區火山群的通稱，其中包括一千五百九十二公尺的高岳、一千五百零六公尺的中嶽、一千四百零八公尺的根子岳、一千三百三十七公尺的烏帽子岳，以及一千二百七十公尺的杵島岳。五座火山群中，屬於第二高的中嶽，至今仍頻繁出現火山活動，是一座活火山，東西寬約十八公里，南北長約二十四公里，被列為世界最大的活火山山口。

中嶽火山口的周圍因為被外輪山環繞，形成連綿的高原，山岳景色壯麗，成為日本最熱門的登山旅遊景點之一。

阿蘇五嶽屬於典型的複式火山，其中，時刻噴火、冒煙的阿蘇中嶽，是世界上屈指可數的活火山，海拔一千五百零六公尺的山頂，不時瀰漫硫

熊本縣阿蘇市阿蘇火山

地景位置：在草千里阿蘇火山博物館附近搭阿蘇火山纜車上山，約 20 分鐘。

黃氣味，遊客可利用纜車登上山頂，近距離觀看南北長約一公里、東西寬約四百公尺、口徑四公里的巨大圓形火山口，濃煙騰翻的壯觀景象。

阿蘇中嶽屬於活火山，所以周圍設置有許多避難壕溝，在阿蘇火山博物館內可以通過遙控設施，利用中嶽火山口兩台高數位攝影機，觀察火山活動。

前往中嶽火山口參觀，需在阿蘇纜車站搭乘纜車，沿途視野遼闊，尚可深入眺望阿蘇山氣勢雄偉、神奇奧妙的活火山景色。當年夏目漱石和同僚山川伸二郎一起到阿蘇火山登山，卻在半路遇上暴風雨，中途折返，無緣見到阿蘇火山景色，反而引發他冒著風雨返回內牧溫泉旅館後，四天之內寫成《二百十日》這部短篇小說，可也算是一得。

中長篇小說

- **我是貓（吾輩は猫である）**：一九〇五年一月～一九〇六年八月，發表於《杜鵑》（註）。一九〇五年十月～一九〇七年五月，大倉書店、服部書店出版。
- **哥兒（坊っちゃん），或譯《少爺》**：一九〇六年四月，發表於《杜鵑》。一九〇七年，收錄於春陽堂刊《鶉籠》。
- **草枕（或譯《旅宿》）**：一九〇六年九月，發表於《新小說》。收錄於《鶉籠》。
- **野分**：一九〇七年一月，發表於《杜鵑》。一九〇八年，收錄於春陽堂刊《草合》。
- **虞美人草**：一九〇七年六月～十月，發表於《朝日新聞》。一九〇八年一月，春陽堂出版。
- **坑夫（或譯《礦工》）**：一九〇八年一月～四月，發表於《朝日新聞》。收錄於《草合》。
- **三四郎**：一九〇八年九～十二月，發表於《朝日新聞》。一九〇九年五月，春陽堂出版。
- **從此以後（或譯《後來的事》）**：一九〇九年六～十月，發表於《朝日新聞》。

一九一〇年一月，春陽堂出版。

• **門**：一九一〇年三月～六月，發表於《朝日新聞》。一九一一年一月，春陽堂出版。

• **彼岸過後**：一九一二年一月～四月，發表於《朝日新聞》。一九一二年九月，春陽堂出版。

• **行人**：一九一二年十二月～一九一三年十一月，發表於《朝日新聞》。一九一四年一月，大倉書店出版。

• **心（こゝろ）**：一九一四年四月～八月，發表於《朝日新聞》。一九一四年九月，岩波書店出版。

• **道草**：一九一五年六月～九月，發表於《朝日新聞》。一九一五年十月，岩波書店出版。

• **明暗**：一九一六年五月～十二月，發表於《朝日新聞》。一九一七年一月，岩波書店出版。

註：《杜鵑》為正岡子規和高浜虛子共同創辦的俳句雜誌，「子規」二字為「杜鵑」的別名。相傳周末蜀王杜宇，號望帝，失國而死，其魂魄化為杜鵑，日夜悲啼，淚盡繼以血，哀鳴而終。後以杜鵑啼血比喻哀傷至極。唐朝白居易〈琵琶行〉亦云：「其間旦暮聞何物，杜鵑啼血猿哀鳴。」

短篇小說、小品

- **倫敦塔**：一九〇五年一月，發表於《帝國文學》。一九〇六年，大倉書店、服部書店刊，收錄於《漾虛集》。
- **幻影之盾**：一九〇五年四月，發表於《杜鵑》。收錄於《漾虛集》。
- **琴的空音**：一九〇五年七月，發表於《七人》。收錄於《漾虛集》。
- **一夜**：一九〇五年九月，發表於《中央公論》。收錄於《漾虛集》。
- **薤露行**：一九〇五年九月，發表於《中央公論》。收錄於《漾虛集》。
- **趣味的遺傳**：一九〇六年一月，發表於《帝國文學》。收錄於《漾虛集》。
- **二百十日**：一九〇六年十月，發表於《中央公論》。收錄於《鶉籠》。
- **文鳥**：一九〇八年六月，發表於《大阪朝日》。一九一〇年，收錄於春陽堂刊《四篇》。
- **夢十夜**：一九〇八年七月～八月，發表於《朝日新聞》。收錄於《四篇》。
- **永日小品**：一九〇九年一月～三月，發表於《朝日新聞》。收錄於《四篇》。

作品全集

- **漱石全集**：一九九三～一九九九年，岩波書店出版，全二十八卷別卷一卷。
- **漱石文學全集**：一九八二～一九八三年，集英社出版，全十卷。

LOCUS

LOCUS